Von Caroline Courtney sind
als Heyne-Taschenbücher erschienen:

Clarinda – Die Herzogin mit der Maske · Band 01/5789
Verena – Die Königin der Ballnacht · Band 01/5878
Jeanette – Die Liebe einer Nacht · Band 01/6247
Mariella – Die Macht der Leidenschaft · Band 01/6305
Felicia – Auf zärtlichen Pfaden · Band 01/6561
Lady Tara · Band 01/6669
Helene – Der Hunger nach Liebe · Band 01/6728
Antonia – Geheimnis und Glück · Band 01/6895
Fiona– Die Verwirrung des Herzens · Band 01/7633
Laura – Der Sieg des Herzens · Band 01/7889
Der Ruf des Herzens / Liebe einer Nacht /
Die Königin der Ballnacht · Band 23/22
Das Geheimnis des Blutes / Die russische Affäre /
Die Herzogin in der Maske · Band 23/40
Auf zärtlichen Pfaden / Der Hunger nach Liebe /
Gefährliches Glück · Band 23/61
Macht der Leidenschaft / Liebe im Schatten der Angst /
Die zwei Gesichter einer Frau · Band 04/24

CAROLINE COURTNEY

MORGANA

Wechselspiel der Herzen

Roman

Deutsche Erstausgabe

WILHELM HEYNE VERLAG
MÜNCHEN

HEYNE ALLGEMEINE REIHE
Nr. 01/8192

Titel der Originalausgabe
MORGANA
Aus dem Amerikanischen übersetzt
von Iris Foerster

Printed in Germany 1991
Umschlagzeichnung: Fawcett/Schlück
Umschlaggestaltung: Atelier Ingrid Schütz, München
Satz: IBV Satz- und Datentechnik GmbH, Berlin
Druck und Bindung: Elsnerdruck, Berlin

ISBN 3-453-04595-5

Für Robert und David,
deren Kapriolen während der vergangenen elf Jahre
viel Stoff für meine Bücher geliefert haben
und
für Tony, der mich schwer arbeiten ließ.

Ich liebe euch alle.

1. Kapitel

Er saß in Gedanken vertieft in einem weichen, roten, ledernen Armsessel. Eine halbleere Kognakflasche stand neben ihm. In seiner rechten Hand schwenkte er ein Kristallglas. Ab und zu nahm er einen Schluck von der bernsteinfarbenen Flüssigkeit und ließ sie langsam im Mund zergehen, ehe er sie hinunterschluckte.

Seine Kleidung war makellos. Das blaue Satinjackett saß wie angegossen und brachte seine athletischen Schultern voll zur Geltung. Ein üppiges, sorgfältig gefaltetes Spitzenhalstuch wurde von einer einzigen Diamantnadel gehalten, und Spitzenkrausen bedeckten seine Handgelenke. Seine Brokatweste und seine cremefarbenen Beinkleider vervollständigten den makellosen Gesamteindruck. Er war offensichtlich ein bemerkenswerter Mann, ebenso wie die drei anderen Herren, die an seinem Tisch saßen.

Vor einigen Augenblicken hatte er seinen Sessel ein wenig vom Kartentisch zurückgeschoben und zeigte nun kein besonderes Interesse mehr für das Spiel, an dem er bis dahin teilgenommen hatte. Ja, sein abgelegtes Blatt lag mit den Bildseiten nach unten vor ihm zwischen dem Gewinn, den er während des Abends gemacht hatte.

Zur großen Verwunderung seiner beiden Mitspieler hatte er mitten in einer Erfolgsserie zu spielen aufgehört, ein höchst ungewöhnliches Verhalten bei einem Mann, der für seine Spielleidenschaft bekannt war. Doch seine Freunde ließen ihn gewähren, denn Lord Dana

Varley, Graf von Lonsdale, war auch für seine Ungeduld bekannt.

Plötzlich wurden Lord Danas Augen schmäler, und seine dichten schwarzen Augenbrauen zogen sich über seiner aristokratischen Nase zusammen. Er war jetzt wieder wachsam, als der Mann mit dem dünnen Schnurrbart, der ihm gegenübersaß, den Einsatz erhöhte. Die Lippen dieses Mannes zuckten unwillkürlich, und seine Finger zitterten leicht, als er einen blauen Jeton im Wert von zweihundert Guineen in die Mitte des Tisches schob. Dies waren die einzigen sichtbaren Anzeichen von Nervosität, für einen flüchtigen Beobachter nicht zu bemerken. Lord Dana jedoch war kein flüchtiger Beobachter.

Er verzog verächtlich den Mund, als er den Mann weiterhin beobachtete. Dann schweifte sein Blick zu den beiden anderen Herren am Tisch.

Da war Sir Tony Robards, sein engster Vertrauter und vielleicht der einzige Mensch außer seinem Vater, der Lord Danas leichtsinniges Benehmen mißbilligte. Normalerweise spielte er nicht um hohe Einsätze, aber während der letzten paar Tage hatte er sich den Spieltischen mit großem Eifer gewidmet. Grund dafür war, daß die Dame, der er seit geraumer Zeit beharrlich den Hof gemacht hatte, ihm zugunsten eines Herzogs den Laufpaß gegeben hatte. Lord Dana bezweifelte, daß irgend etwas anderes außer Sir Tonys Stolz Schaden genommen hatte. Zumindest nach Lord Danas Ansicht war die betreffende Dame keine bemerkenswerte Schönheit gewesen. Sie war ein hübsches kleines Ding, aber einfältig, und sie hätte Sir Tony innerhalb eines Monats zu Tode gelangweilt.

Mit dem Herrn zu seiner Linken verhielt es sich völlig anders. Sir Larry Field war ein liebenswürdiger Mensch, der seine angeborene Klugheit hinter einem dandyhaften Äußeren verbarg. Er genoß sein Junggesellendasein und neckte ständig seine Freunde wegen ihrer amourösen Affären. Leider war er ein besessener Spieler.

An diesem Abend jedoch schien es so, als wären seine beiden Freunde dem Spiel verfallen, und Lord Dana konnte nicht einfach danebensitzen und zusehen, wie sie betrogen wurden, denn er spürte instinktiv, daß die Karten, die sie in der Hand hatten, ihnen nicht zum Sieg verhelfen würden. Irgendwie hatte Sir Carson dafür gesorgt. Aber da er diesen nicht rundheraus des Betrugs bezichtigen konnte, wußte er nicht, wie er verhindern sollte, daß seine Freunde in den Ruin gestürzt wurden.

Er hatte in dem Augenblick zu spielen aufgehört, in dem ihm der Verdacht gekommen war, daß Sir Carson die Karten zinkte. Doch sogar jetzt, nachdem er fünf Minuten lang jede Bewegung Sir Carsons aufmerksam beobachtet hatte, war es ihm nicht gelungen, herauszufinden, welche Methode sein Gegenspieler anwandte, um die Karten zu kennzeichnen.

An einem benachbarten Tisch steckte sich jemand eine Zigarre an, und das angenehme Aroma zog zu Lord Danas Tisch herüber. Ein anderer Mann hustete, und die Stille, die im Kartenzimmer herrschte, wurde noch einmal unterbrochen, als jemand nach einer weiteren Flasche Wein rief.

Abgesehen von der Anwesenheit von Sir Carson war es ein typischer Abend bei White's, überlegte Lord Dana. Ein gemeinsamer Freund, Sir Rupert Davis, hatte Sir Carson an diesem Abend in dem Etablissement eingeführt. Nach Lord Danas Meinung war dies höchst unpassend gewesen, denn er hatte diesen aufgeblasenen Stutzer niemals übermäßig geschätzt. Er war ein geziert lächelnder, charakterloser, affektierter Mann, der mit Vorliebe Schuhe mit hohen Absätzen und geckenhafte Kleidung trug. Und noch peinlicher war die Tatsache, daß Sir Carson sich unaufgefordert an seinen Tisch gesetzt hatte.

Während Lord Dana seine Gedanken weiterspann, ließ er Sir Carson nicht aus den Augen. Dann sah er es plötzlich: Der Ring an Sir Carsons Zeigefinger hatte eine winzige Spitze und machte deutliche Nadelstiche auf ausgewählte Karten.

Der Schuft! Der Erzschurke!

Lord Dana stand abrupt auf und kippte mit einer einzigen Handbewegung den Tisch in Sir Carsons Richtung um. Alle Jetons und die Kognakflasche glitten die Schräge hinab und landeten in Sir Carsons Schoß.

»Was soll das, zum Teufel!« rief Sir Carson empört, als der Kognak über seine Beine floß. »Haben Sie den Verstand verloren, oder was ist los, Mann?« Während er sprach, färbte ein tiefes Rot sein ohnehin schon gerötetes Gesicht. »Dafür werden Sie mir Genugtuung leisten!« Er stand auf und versuchte vergeblich, sich mit einer Serviette abzutrocknen, die ihm ein aufmerksamer Kellner hinhielt.

»Dana, alter Junge, du benimmst dich sehr merkwürdig«, sagte Sir Tony. »Nur weil du nicht mehr mitspielen willst, kannst du nicht allen den Spaß daran verderben.«

»Spaß?« Der Sarkasmus in Lord Danas Stimme war unüberhörbar. »Was für ein Spaß ist es, meine lieben Freunde, übervorteilt zu werden?«

Seine beiden Freunde sahen ihn einen Augenblick verständnislos an. Dann wandten sie sich Sir Carson zu und sahen ihn fragend an.

Sir Carson war noch tiefer errötet, aber er ließ sich dadurch nicht einschüchtern.

»Ihre Freunde haben ganz recht, M'Lord. Sie benehmen sich sehr merkwürdig«, entgegnete er mit fester Stimme. »Das Spiel war zu einseitig, als Sie vorher mitspielten, und jetzt sind Sie offensichtlich wütend, weil ich Ihre Glückssträhne übernommen habe und nicht einer Ihrer Kumpane.«

»Hören Sie, Carson«, ereiferte sich Sir Tony Robards, »so spricht man nicht mit Dana.«

Eine Menge Zuschauer hatte sich um den umgeworfenen Tisch versammelt, und jemand murmelte: »Ich glaube, es gibt Schwierigkeiten. Dana ist bis oben hin voll, und er sucht Streit.«

Lord Dana, der in einer Hand immer noch das Glas hielt, sah Sir Carson herausfordernd an.

»Komm, Dana«, sagte ein anderer Mann, »spielen wir weiter. Du weißt offenbar nicht, was du sagst.«

Lord Dana schüttelte den Kopf. »Ich dulde nicht, daß meine Freunde in einer solchen Weise betrogen werden«, erwiderte er und sah Sir Carson dabei an. Dann streckte er seine freie Hand aus. »Den Ring an Ihrem rechten Zeigefinger bitte, Sir Carson. Ich möchte ihn untersuchen!« Sein Tonfall war beleidigend.

Sir Carson trat zurück, als wäre er geschlagen worden. Dann versuchte er sich aus der peinlichen Lage, in der er sich befand, herauszureden.

»Nein, M'Lord, Sie werden bei Gott nicht so mit mir sprechen! Ich verlange eine Entschuldigung!« Während er sprach, faltete er die Hände hinter dem Rücken.

Aber zu Sir Carsons Pech war nun die Aufmerksamkeit aller auf ihn gerichtet. Er hustete nervös. Sein Gönner, Sir

Rupert, nahm ihn beiseite und legte eine Hand auf seine Schulter.

»Ich weiß nicht, was in Dana gefahren ist, daß er sich so benimmt, Carson«, murmelte er beruhigend. »Aber es ist höchst ungewöhnlich, daß er so grobschlächtig ist. Ich möchte Sie ohne den leisesten Hintergedanken fragen, ob an Danas Anschuldigung etwas Wahres ist.«

Sir Carsons Blick wich dem seinen aus, und es entstand eine kurze Pause. Dann schüttelte er den Kopf.

»Nein, Rupert«, sagte er schließlich. »Natürlich nicht. Es ist so, wie ich sagte, es paßt ihm nicht, daß ich gewinne.«

Sir Rupert sah ihn ein wenig skeptisch an, dann zuckte er mit den Achseln. Da er den Mann, den er bei White's eingeführt hatte, nicht einen Lügner nennen wollte, konnte er unter diesen Umständen wenig tun.

»Was meinen Sie, meine Herren?« fragte er Lord Dana und seine beiden Freunde. »Wollen Sie fortfahren?«

Sir Tony und Sir Larry sahen sich irritiert an. Keinem von beiden gefielen die Beschuldigungen, die geäußert worden waren, und ebensowenig das ungewöhnliche Verhalten ihres Freundes.

Schließlich schüttelte Sir Tony den Kopf. »Ich glaube, es wird ein wenig spät. Ich habe morgen früh eine Verabredung.«

»Und ich sitze nicht gern bis Mitternacht hier«, fügte Sir Larry hastig hinzu.

»Dann spiele ich gegen Sie, Sir Carson«, sagte Lord Dana ernst.

»Sie erdreisten sich, mich mit falschen Anschuldigungen zu beleidigen, und dann besitzen Sie noch die Unverschämtheit vorzuschlagen, daß wir gegeneinander spielen. Niemals, M'Lord, niemals!«

»Meine Anschuldigungen waren nicht falsch, Sir Carson, das wissen Sie genau.«

»Nun, nun, Dana, genug davon«, sagte Sir Rupert energisch. »Ihr seid alle betrunken und für das, was ihr sagt, nicht verantwortlich.«

»Ich mag vielleicht betrunken sein, mein lieber Rupert, aber das hindert mich nicht daran zu sehen, wie Karten vor meinen Augen gezinkt werden.«

»Zum Teufel, begreife doch, Dana. Der Kognak hat dich nicht nur betrunken, sondern auch unbesonnen gemacht. Nimm deine Anschuldigungen zurück, ich bitte dich. Carson hat mir versichert, daß du dich irrst, was die Karten anbetrifft.«

»Warum sagt er es dann nicht selbst?« In diesem Augenblick kippte er Sir Carson den Rest seines Kognaks ins Gesicht.

Sir Carson, an dessen Halsbinde der Kognak heruntertropfte, griff Lord Dana an. »Dafür werden Sie mir Genugtuung leisten, M'Lord«, rief er zornig. »Rupert, sekundierst du mir?«

Sir Rupert nickte zögernd. Er war keineswegs davon überzeugt, daß Sir Carson ihm zuvor die Wahrheit gesagt hatte. Aber es blieb ihm nichts anderes übrig, als dem Mann zu sekundieren, den er bei White's eingeführt hatte.

»Dann erledigen wir es sofort«, erwiderte Lord Dana. »Ich glaube, Sie haben die Wahl der Waffen, Sir.«

»Ihr könnt euch doch hier nicht duellieren, Dana«, sagte Sir Rupert rasch. »Nenne mir deinen Sekundanten, und ich arrangiere bei Tagesanbruch ein Treffen.«

»Du wirst nichts dergleichen tun«, unterbrach Sir Carson hastig. »Ich sage, wir fechten mit Degen – jetzt!«

Sir Rupert versuchte ein letztes Mal, die heikle Situation irgendwie zu entschärfen. »Ich bitte Sie, Sir Carson, gehen Sie nach Hause und überschlafen Sie es. Wenn Sie sich dann immer noch duellieren wollen, sind Sie beide nüchtern.«

Sir Carson hörte ihm nicht zu. »Ihre Sekundanten, M'Lord?«

»Tony?«

Sir Tony nickte. »Wenn ihr euch unbedingt so unvernünftig benehmen müßt, laßt ihr mir keine Wahl. Ich lasse die Degen aus der Waffenkammer heraufkommen.«

Er schnippte mit den Fingern, und ein verängstigter Kellner erschien neben ihm. Er gab ein paar kurze Anweisungen und wandte sich dann den Umstehenden zu, ohne darauf zu achten, ob der Dienstbote seine Befehle ausführte.

»Schiebt die Tische zurück!« befahl er. »Larry, verteile die Kerzen. Wir brauchen für beide gleichmäßiges Licht.«

Innerhalb weniger Minuten war der Raum zu seiner Zufriedenheit gerichtet, und der Kellner kam mit zwei Rapieren wieder. Sir Rupert und Sir Tony zogen sich kurz zurück, um die Degen zu kontrollieren, ehe sie verkündeten, daß die Waffen beide identisch waren.

Lord Dana ging auf die eine Seite und zog sein Jakkett, seine Weste und seine Stiefel aus. Er sah zu, wie Sir Carson das gleiche tat.

»Geh glimpflich mit ihm um, Dana«, murmelte Sir Tony. Er legte mahnend eine Hand auf den Arm seines

Freundes. »Sir Carson weiß vermutlich nicht, wie gut du mit dem Degen umgehen kannst, sonst hätte er eine andere Waffe gewählt.«

Lord Dana hob eine Augenbraue und zuckte gleichgültig mit den Achseln. »Er wird es rasch genug feststellen.«

»Trotzdem«, mahnte Sir Tony. »Mache keinen verhängnisvollen Fehler. Ich glaube, dein Vater würde das nicht sehr freundlich aufnehmen, besonders nach dem, was vor zwei Monaten in Newmarket geschehen ist.«

Lord Dana verzog bei dieser unpassenden Erinnerung das Gesicht. Sein Vater, Seine Gnaden der Herzog von Badenfield, war der einzige andere Mann, den er respektierte. Und Sir Tonys Bemerkung über Newmarket betraf ein unglückseliges Duell, zu dem Lord Dana wegen der zweifelhaften Tugend einer jungen Dame provoziert worden war, der er den Hof gemacht hatte. Der junge Mann, der ihm den Kampf aufgezwungen hatte, wäre fast gestorben, und Seine Gnaden hatte seinem Sohn deutlich klargemacht, daß weitere derartige Eskapaden seinen Unwillen erregen würden. Er hatte seinem Sohn sogar angedroht, daß er ihn für den Rest des Jahres auf seine Besitztümer in Wales verbannen würde, wenn er sein Ungestüm nicht zügelte und sich mäßigte.

Doch Lord Dana war inzwischen so außer sich, daß er Sir Tonys Ratschläge nicht mehr beachten konnte.

»Laß mich in Ruhe mit Newmarket«, erwiderte er. »Sieh nach, ob Sir Carson bereit ist.«

Im Raum herrschte absolutes Schweigen, als die beiden Männer einander gegenüberstanden. Lord Dana sprang auf Sir Carson zu und traf die Klinge seines Gegners mit dem Blatt seiner Waffe. Der Kampf hatte begonnen. Das einzige Geräusch war das dumpfe Stampfen ihrer bestrumpften Füße auf den nackten Dielen und ihr tiefes Atmen.

Sir Carson machte einen Ausfall und versuchte mit hoch erhobenem Arm einen raschen Stoß in der Terz. Dabei zielte er direkt auf Lord Danas Herz. Seine Armmuskeln schwollen bei der Anstrengung an. Lord Dana parierte rasch und selbstsicher und stieß die Klinge beiseite.

»Eine Terz, verdammt!« flüsterte Sir Rupert Sir Tony zu. »Ich wußte nicht, daß Carson solch ein Experte ist. Und der Angriff wäre ihm fast gelungen.«

Sir Tony schüttelte den Kopf. »Er hat Dana keine Sekunde lang getäuscht.«

Mehrere Augenblicke lang schienen sich die Gegner ebenbürtig zu sein. Lord Dana, der Sir Carsons Klinge fixierte, machte eine Finte und dann einen Ausfall. Nur die Schnelligkeit, mit der Sir Carson auswich, verhinderte, daß er getroffen wurde. Beide atmeten jetzt unregelmäßig, als sie einander umkreisten, Ausfälle und Finten machten. Mehrmals versuchte Sir Carson, Lord Danas Deckung zu durchbrechen, doch es war nicht zu übersehen, daß es Sir Carson zwar gewiß nicht an Mut mangelte, dafür aber an der Schnelligkeit und Kühnheit von Lord Dana. Verzweifelt versuchte er noch einen Ausfall in der Terz, und diesesmal traf er mit einigem Erfolg. Lord Dana parierte einen Augenblick zu spät, und die Klinge schlitzte seine Spitzenkrause auf, fuhr am Ärmel seines feinen Batisthemdes hinauf und traf ihn an der Schulter. Er zuckte nicht einmal zusammen, obwohl etwas Blut an seinem Hemd herabtropfte. Der Kampf ging weiter.

Allmählich wurde Sir Carson müde. Sein Gegner setzte seinen Angriff fort. Sir Carson wußte, daß er dabei war, Boden zu verlieren, und er verteidigte sich nur noch mechanisch. Sein Arm schmerzte, und er konnte kaum atmen. Der Ausgang stand fest, das erkannte er jetzt, aber er wollte nicht nachgeben. Weshalb er so dumm gewesen war, zu glauben, er könnte Lord Dana täuschen, das verstand er schon lange nicht mehr, aber er wollte lieber bis zum letzten Atemzug kämpfen, als den Hohn und die Verachtung seiner Standesgenossen zu ertragen. Plötzlich taumelte er und ließ sich auf ein Knie nieder. Sein Degen fiel klirrend zu Boden, und er versuchte, einem Ausfall Lord Danas in der Quart auszuweichen, der direkt auf sein Herz zielte. Er machte sich bereit, den Stoß aufzufangen, doch dann brach er ohnmächtig zusammen.

Lord Dana, der den Ausfall nicht abbrechen konnte, gelang es im letzten Augenblick, seine Degenspitze so abzulenken, daß sie Sir Carson nicht in der Herzgegend, sondern am unteren Brustkorb traf.

Sir Rupert seufzte erleichtert auf, als er dies bemerkte. Er war sicher gewesen, daß Lord Dana Sir Carson töten würde. Ungläubig beobachtete er, wie Lord Dana seinem Sekundanten den Degen gab. Er riß ein Stück Stoff aus seinem Hemd und tupfte das Blut an seinem Hals ab, ehe er achselzuckend Weste und Jackett anzog, die Sir Larry ihm hinhielt.

»Guter Gott, Dana, wie kannst du so kaltblütig sein. Du weißt doch gar nicht, ob Carson tot ist.«

Lord Dana trat zu Sir Carson und kniete nieder. Er nahm dessen Handgelenk und fühlte seinen Puls.

»Das ist er nicht«, sagte er. Während er sprach, zog er den Ring von Sir Carsons Zeigefinger. Er betrachtete ihn eingehend und tastete nach der Spitze, die er zuvor gesehen hatte. Er lächelte grimmig, als sie seinen Daumen kratzte. »Aber ich denke, jemand sollte einen Arzt rufen, denn ich bin nicht sicher, ob ich nicht seine Lunge getroffen habe. Es war mein Fehler zu glauben, es sei meine Pflicht, die Welt von einem Falschspieler zu befreien. Aber als ich meinen letzten Ausfall machte, kam es mir plötzlich in den Sinn, daß es sicher viel schmerzlicher für ihn wäre, mit dem Bewußtsein zu leben, daß jedermann weiß, was er heute abend getan hat. Wenn ich ihn getötet hätte, dann hätte er keinen Augenblick lang Reue empfunden.«

Lord Dana stand auf und gab Sir Rupert den Ring. »Wenn er sich erholt hat, erwarte ich seine Entschuldigung«, fuhr er fort.

Er blickte auf die Uhr und verabschiedete sich mit einer flüchtigen Geste. Er hatte sich für seine Verabredung mit Lady Jane Weesner um eine Stunde verspätet. Und sie war eine Frau, die nicht gern lange wartete.

2. Kapitel

Im Salon am Hannover Square war es sehr still. Ihre Gnaden, die Herzogin von Badenfield, die ihre Bekannten Lady Theresa nannten, saß hinter einer kleinen Staffelei und setzte die letzten Pinselstriche eines Gemäldes der geschäftigen Szene unten auf dem Platz. Drei Straßenhändler verkauften eifrig ihr reichhaltiges Obstangebot, mehrere Kinder spielten mit Reifen, und ein Mann schliff Messer.

Es war eine Szene, an der sich Lady Theresa nicht sattsehen konnte. Sie liebte London und war immer besonders angeregt, wenn sie vom Land zu einem Besuch hierherkamen. Sogar ihr Gatte, Lord Lucien, schien aufzuleben. Ein Ortswechsel tat jedermann gut, überlegte sie, als sie aufstand und sich streckte, um ihre steifen Glieder zu lockern. Und ein Wechsel würde auch ihrem Sohn sehr guttun, dachte sie. Sie wünschte, sie könnte ihn überreden, London für eine Weile zu verlassen. Wenn er doch nur ein wenig Interesse für die Verwaltung seiner Besitztümer in Wales zeigen würde, die er von seinem Großonkel geerbt hatte.

Lady Theresa seufzte. Sie fragte sich, ob Dana jemals die Pflichten übernehmen würde, die seine gesellschaftliche Stellung erforderte, und was ihn veranlassen könnte, seine Lebensweise zu ändern.

Ein zögerndes Lächeln erhellte ihr Gesicht. Es war ein jugendliches Gesicht für ihre vierundvierzig Jahre. Das Schicksal war freundlich zu ihr gewesen, und sogar nachdem sie ein Kind geboren hatte, hatte sie ihre schlanke Figur behalten und sah fast immer noch genauso aus wie vor beinahe fünfundzwanzig Jahren, als Lord Lucien sie geheiratet hatte.

Dana war das Ebenbild seines Vaters – wild, eigenwillig, ungestüm und sehr stattlich.

Als sie den Herzog kennenlernte, hatte er einen denkbar schlechten Ruf gehabt. Er war für sein ungestümes Wesen bekannt gewesen und hatte die Herzen vieler Matronen mit heiratsfähigen Töchtern in Schrecken versetzt, wenn er ihren Schützlingen zu große Aufmerksamkeit schenkte. Nicht einmal die Größe seines Vermögens hatte irgend jemandem seine Werbung willkommen gemacht. Ein Lebemann war ein Lebemann, hatte man Lady Jersey, Almack's berühmteste Patronin, oft sagen hören. Und niemand vertraute einem Lebemann.

Jetzt verstärkte sich Lady Theresas Lächeln. Sie erinnerte sich so deutlich an ihre erste Begegnung mit Lucien, als wäre sie erst gestern gewesen.

Sie war achtzehn Jahre alt gewesen und nach London gekommen, um in die Gesellschaft eingeführt zu werden. Ihre Mutter wollte, daß sie ›städtischen Schliff‹ bekam und etwas vom Leben kennenlernte, ehe sie sich zu einem geruhsamen Eheleben mit einem benachbarten Grundbesitzer zurückzog.

Aber Theresa hungerte damals nach Erlebnissen, und sie eroberte mit ihrer frischen Schönheit und ihrem gewinnenden Wesen London im Sturm. Sie genoß es, daß alle jungen Männer sie mit Aufmerksamkeiten überschütteten, und ihr wurde plötzlich bewußt, daß sie das Leben, das ihre Mutter ihr zugedacht hatte, nicht führen wollte.

Zum erstenmal begann sie, gegen die Enge ihres Daseins zu rebellieren. Sie hatte keine Ahnung, was sie wollte, aber sie wußte, was sie nicht wollte. Ihre Mutter, die den Wandel, der in ihrer Tochter vorging, offensichtlich bemerkt hatte, beschloß, sofort wieder aufs Land zurückzukehren. Theresa war bekümmert darüber, und während ihrer letzten Woche in London schlich sie sich heimlich aus dem Haus und ging zum Stall. Sie wies den Stallburschen an, ihre Stute zu satteln. Ohne darauf zu warten, daß er sich selbst ein Pferd sattelte und sie begleitete, ritt sie in den Hyde Park. Sie wollte nichts anderes als ein letztes Mal über die Rotten Row galoppieren. Sie wollte eine Erinnerung mitnehmen, die ihr später beweisen sollte, daß sie aufzubegehren versucht hatte.

Ihr letzter Galopp wurde jedoch zu einem Alptraum. Ein Kaninchen rannte vor ihrem Pferd über den Weg, und die Stute scheute. Obwohl Theresa eine gute Reiterin war, konnte sie nicht verhindern, daß sie abgeworfen wurde. Sie flog durch die Luft und schlug mit dem Kopf an einen Baum, ehe sie auf dem Boden landete. Als sie nach einigen Sekunden wieder zur Besinnung kam, stellte sie fest, daß sie der eleganteste Herr, den sie je gesehen hatte, aufmerksam betrachtete.

Wie er ihr später gestand, war er sehr erstaunt gewesen, daß sie weder geweint noch angstvoll aufgeschrien hatte, sondern lediglich die Hand ausgestreckt und gefragt hatte, ob er so freundlich wäre, ihr beim Aufstehen zu helfen.

Der Herr tat dies bereitwillig und schien an der Situation nichts Außergewöhnliches zu finden. Er war nicht schockiert darüber, daß sie ohne Begleitung ausgeritten war, und ebensowenig ließ er eine Bemerkung darüber fallen, daß es zu früh am Morgen für einen Ausritt war.

Statt dessen sprach er über die ungerechte Last, die man jungen Mädchen auferlegte, und wie bedauerlich es doch sei, daß sie in so engen Fesseln gehalten wurden, während Männer die verrücktesten Dinge tun konnten, ohne deswegen von der Gesellschaft geächtet zu werden.

Erst jetzt bemerkte Theresa, daß sie ihren linken Fuß nicht mehr belasten konnte. Der Mann hob sie auf seinen Sattel und fragte nach ihrer Adresse. Erst da ging ihr auf, wie unziemlich sie sich verhalten hatte. Was würde ihre Mama sagen, wenn sie auf dem Pferd eines völlig Fremden nach Hause kam?

Ihre Mutter war außer sich. Sie erkannte Lord Lucien sofort und behauptete, ihre einzige Tochter sei nun schrecklich kompromittiert. Nichts von dem, was Theresa vorbrachte, konnte ihre Mutter von dieser Überzeugung abbringen. Seine Gnaden, der Herzog, lächelte während des ganzen hysterischen Ausbruchs ironisch. Plötzlich verkündete er, er sei durchaus bereit, Theresa seine Hand anzubieten.

Der Vorschlag machte Theresas Mutter für einen Augenblick sprachlos, was äußerst ungewöhnlich war. Theresa, deren Herz von dem außergewöhnlichen Fremden gefangen war, nahm diesen gänzlich unerwarteten Heiratsantrag ohne zu zögern an.

Ihre Heirat war der Gesprächsstoff der Gesellschaft, aber Theresa kümmerte das nicht. Sie wußte, daß sie den richtigen Entschluß gefaßt hatte und noch nie in ihrem Leben glücklicher gewesen war.

Erst während ihrer Flitterwochen erfuhr Theresa, daß Lord Lucien vom ersten Augenblick an, da er sie gesehen hatte, von ihr gefesselt gewesen war. Er hatte gewußt, daß sein Ruf es ihm unmöglich machte, sich ihr in angemessener Form zu nähern. Als er sie allein im Hyde Park reiten sah, ließ er ihr das Kaninchen über den Weg laufen, in der Hoffnung, daß ihr Pferd stehenbleiben und ihm dadurch eine Möglichkeit gegeben würde, sie kennenzulernen. Er war entsetzt gewesen, als sie stürzte, doch es war ihm gelungen, den Zwischenfall zum Guten zu wenden.

Sie verbrachten glückliche Jahre miteinander, und obwohl sie nur mit einem Kind, Dana, gesegnet wurden, waren sie zufrieden. Manchmal wünschte Lady Theresa, sie hätte eine Tochter bekommen, die ihre weiblichen Interessen mit ihr teilte. Aber diese Gedanken verflogen immer, ehe sie Wurzeln schlagen konnten, und im großen und ganzen genoß sie es, die einzige Frau in ihrem sehr männlichen Haushalt zu sein.

Wenn Dana nur seine ungestüme Energie einem nützlichen Zweck zuwenden oder eine achtbare junge Dame kennenlernen, sich verlieben und heiraten würde. Und wenn er nicht immer wieder den Zorn seines Vaters auf sich zöge. Das konnte sie nicht ertragen. Lucien hatte es ernst gemeint, als er sagte, er wolle Dana aufs Land schikken, wenn er sich weiterhin nur für Spielen und Trinken interessieren würde.

Stimmen von der Tür unterbrachen ihre Gedanken, und ein paar Augenblicke später stieß Dana die Tür auf und verbeugte sich keineswegs elegant.

»Dana, mein Lieber, was ist geschehen?« fragte Lady Theresa erschrocken. »Du siehst schrecklich aus.«

»So ist mir auch zumute, Mama«, erwiderte er. »Hat dir Papa nicht erzählt, was gestern abend geschehen ist?«

Sie schüttelte den Kopf.

Lord Dana warf sich auf ein nahes Sofa und stützte den Kopf in die Hände. »Ich habe meinen Zorn über meinen gesunden Menschenverstand siegen lassen. Ich habe mich gestern abend mit Sir Carson Lippert duelliert und ihn dabei schwer verletzt.«

»O nein! Mein armer, lieber, törichter Junge!« rief die Herzogin. Sie legte ihm tröstend eine Hand auf die Schulter. »Ich kann nicht glauben, daß du ihn absichtlich verletzt hast. Was hat er getan, das dich dazu gebracht hat?«

Lord Dana erklärte kurz die Umstände des Vorfalls und stellte zu seiner Erleichterung fest, daß seine Mutter Verständnis zeigte.

»Papa muß es wohl wissen, sonst hätte er mich nicht so früh am Morgen zu sich gebeten. Will er mich wirklich aus London verbannen, wie er es angedroht hat?«

Lady Theresa zuckte mit den Achseln. Sie hatte Lord Lucien nicht mehr gesehen, seit er an diesem Morgen ihr Bett verlassen hatte. Er mußte von Danas jüngster Eskapade gehört haben, während sie malte, und er hatte sie offensichtlich nicht stören wollen.

»Ich weiß keine Antwort auf deine Frage, Dana. Aber ich vermute, daß dein Vater es nicht wohlwollend aufnehmen wird. Nach dem Vorfall in Newmarket...«

»...sagte er, ich müsse London verlassen. Ich weiß, Mama, ich weiß. Und diesesmal muß ich mich fügen. Ich habe alles verpfuscht, nicht wahr?«

Lady Theresa sah ihren Sohn aufmerksam an. Irgend etwas mußte ihn quälen, wenn er so reumütig war. Lord Dana lachte kurz auf, als er die Miene seiner Mutter sah.

»Ich verlasse London im Augenblick sehr ungern«, sagte er, hielt es aber für unklug, dies näher zu erläutern. Lady Jane erwies sich als eine zu aufregende Zerstreuung, und er trennte sich im Moment nicht gern von ihr. Nicht daß er sie liebte, aber er fand sie höchst sinnlich und erregend. Er war sich auch dessen bewußt, daß sie rasch einen anderen Liebhaber finden würde, wenn er zu einer längeren Abwesenheit von London gezwungen werden sollte.

Dies waren die Regeln, nach denen er selbst spielte, und er konnte es kaum jemandem verübeln, der sich ebenfalls an sie hielt.

»Vielleicht kann ich deinen Vater umstimmen«, sagte Lady Theresa. »Vielleicht hört er auf meine Bitten.«

Lord Dana schüttelte den Kopf. »Niemand soll behaupten können, ich fürchte mich so, daß ich mich hinter einem Frauenrock verstecke. Ich will hören, was Papa zu sagen hat. Vielleicht kann ich ihn umstimmen.«

Er küßte seine Mutter flüchtig auf die Wange. »Ich gehe am besten sofort zu ihm. Du weißt, er schätzt es nicht, wenn man ihn warten läßt.«

»Komm danach zu mir herein«, sagte sie. »Ich warte hier auf dich.«

Lord Dana nickte.

Als er hinausgegangen war, hob sich ihre Stimmung ein wenig. Es wäre das beste, wenn Dana London verließ. Der Klatsch über seine Verbindung mit Lady Jane Weesner war ihr schon vor mehreren Wochen zu Ohren gekommen, und sie war sicher, daß Lady Jane der Grund war, weshalb er so ungern aufs Land fahren würde.

Aber Lady Jane besaß keinen guten Ruf. Es war allgemein bekannt, daß sie jemanden heiraten wollte, der ihre Schulden bezahlte und es ihr ermöglichte, das Leben zu führen, an das sie sich gewöhnt hatte.

Lady Theresa erkannte rasch, daß es in Danas eigenstem Interesse lag, wenn er gezwungen würde, für eine Weile außerhalb Londons zu leben.

Sie nahm wieder ihren Pinsel in die Hand.

3. Kapitel

Tredegar House, einst als eines der architektonischen Wunder von Wales bekannt, wurde seit dem 16. Jahrhundert von Morgana Williams' Familie bewohnt. Nur ein Flügel des ursprünglichen Landhauses hatte jene Zeit überdauert, aber Morganas Großeltern hatten den Rest des Gebäudes Ende des 17. Jahrhunderts wiederaufgebaut.

Jetzt, 1820, verfiel es von neuem. Morgana sah auf das Unkraut und die Brombeersträucher, die so ineinander verschlungen und verwachsen waren, daß man sich keinen Weg mehr durch sie hindurch zum Küchengarten bahnen konnte. Die vor fast fünfzig Jahren eingeführte absurde Glassteuer hatte es für Morgana zu teuer werden lassen, die Treibhäuser weiter zu erhalten, die ihre Mutter hatte bauen lassen. Ihre Überreste trugen erheblich zum heruntergekommenen Aussehen des Anwesens bei.

Tränen traten Morgana in die Augen. Sie wischte sie ungeduldig mit dem Handrücken ab. Tränen halfen niemals. Nur das Geld, das aus London eintreffen sollte, der dürftige Unterhalt, den ihr Vormund jedes Vierteljahr schickte, würde eine kleine Erleichterung bringen.

Morgana war eine Waise, die von Rechts wegen eigentlich eine angemessene Stellung in der Gesellschaft hätte einnehmen sollen, anstatt sich kümmerlich durchzuschlagen und von der Gnade und den Launen des Herzogs von Badenfield abhängig zu sein.

Warum nur hatte ihr Vater in seinem Testament bestimmt, daß dieser Fremde – dieser Freund, der sich nicht einmal herabgelassen hatte, sie auch nur ein einzigesmal zu besuchen – ihr beträchtliches Vermögen verwaltete?

Alle Briefe, die sie an Lord Badenfield geschickt und in denen sie um mehr Geld gebeten hatte, waren unbeantwortet geblieben, bis auf den letzten. In diesem hatte er ihr mitgeteilt, daß er ihr gern mehr Mittel zur Verfügung stellen würde, wenn er genau wüßte, was sie mit diesen Geldern vorhatte.

Was aber sollte sie ihm sagen? Was würde einem so hochmütigen Menschen sinnvoll erscheinen?

Geld wurde gebraucht, um das Dach des Haupthauses instand zu setzen. Geld wurde gebraucht, um die Leute zu bezahlen, die das Anwesen in Ordnung hielten. Geld wurde gebraucht, um die Kinder der Arbeiter unterrichten zu lassen. Geld wurde gebraucht, um Madame Tussaud bei der Vorbereitung ihrer Ausstellung der Wachsfiguren zum Wohle der notleidenden Bauern von Südwales zu helfen.

Ja, Geld war ein notwendiges Übel, und Morgana wurde jeden Tag eindringlich daran erinnert. Aber wie konnte sie einem Mann über jeden Penny, den sie brauchte, Rechenschaft geben, der die Bedeutung des Wortes Armut nicht kannte?

Es war ein Wort, das auch sie selbst bis vor einem Jahr nicht wirklich verstanden hatte. Nun war es etwas, mit dem zu leben sie lernen mußte.

Charles Williams, ihr Vater, war ein leichtsinniger Spieler gewesen. Seine Familie hatte sich von ihm zurückgezogen, als er, zumindest ihrer Einschätzung nach, unter seinem Stand geheiratet hatte. Es war eine Liebesheirat gewesen, und Morgana konnte sich nur vage daran erinnern, wie eng ihre Eltern miteinander verbunden gewesen waren. Ihre Mutter war eine Schönheit gewesen. Sie hatte große, dunkelbraune Augen gehabt, eine feingeschnittene Nase, schwarzes, lockiges Haar, das füllig über ihre Schulter fiel, und einen makellosen Teint. Morgana hatte niemals bemerkt, daß sie das genaue Ebenbild ihrer Mutter war. Das einzige Porträt, das ihr Vater von seiner Frau hatte anfertigen lassen, hing über dem Kamin im Grünen Salon des Hauptgebäudes. Der Maler hatte es einen Monat vor dem Tod ihrer Mutter fertiggestellt. Morgana war damals erst elf Jahre alt gewesen und mußte plötzlich Pflichten übernehmen, die weit über ihre begrenzte Erfahrung hinausgingen.

Ihr Vater hatte sich von einem liebenden, heiteren Menschen in einen verbissenen Spieler verwandelt. Manchmal hatte Morgana den Eindruck, als wäre es ihm gleichgültig, ob er lebte oder starb. Er verlor jegliches Interesse an seinem Besitz und verbrachte die meiste Zeit in London bei seinen Freunden, zu denen offensichtlich auch der Herzog von Badenfield gehörte.

Morgana selbst hatte bis dahin ein ruhiges Leben geführt und sich, so gut sie konnte, um das Besitztum gekümmert. Sie lebte mit einer exzentrischen, unverheirateten Tante zusammen, die in gewisser Weise als ihre Anstandsdame fungierte, und mit Miß Evans, ihrem alten Kindermädchen. Alle drei Frauen waren aus dem Herrenhaus ausgezogen und bewohnten nun das Gartenhäuschen an der Südseite des Anwesens.

Das Tredegar House war zu groß und für Morgana mit zu vielen Erinnerungen an ein glücklicheres Leben besetzt, als das sie sich dort wohlgefühlt hätte.

Ihre Tante war während der letzten Jahre noch wunderlicher geworden und verbrachte zahllose Stunden damit, ins Leere zu starren. Miß Evans litt jetzt zu sehr an Arthritis, um in den Gartenanlagen eine große Hilfe zu sein.

Der Verwalter, Mr. Llewellyn, der das angrenzende Besitztum betreute, war der einzige Mensch, an den Morgana sich um Hilfe und Rat wenden konnte. Der Eigentümer des Anwesens, ein Londoner Lebemann, der dem Landleben keinen großen Reiz abgewinnen konnte, wie man sagte, war ständig abwesend.

Mr. Llewellyn dagegen schätzte das Leben auf dem Land. Das Besitztum, das er verwaltete, war enorm und umfaßte auch über ein Dutzend oder mehr Treibhäuser, die eine kostbare Sammlung von Orchideen enthielten. Die akkurat eingezäunten Wiesen waren Weideland für viele hundert Schafe und Kühe. Das Herrenhaus selbst war ein herausragendes Beispiel elisabethanischer Architektur.

Der Unterschied zwischen den beiden Anwesen hätte nicht größer sein können. Wenn nur...

»Pardonnez-moi, s'il vous plait, Morgana...«

Madame Tussauds Stimme unterbrach Morganas Gedanken.

»Kann ich Ihnen zur Hand gehen? Sie sehen so hilflos aus – wie meine jüngere Schwester, als ich sie in Paris zurückließ.«

Morgana drehte sich um und lächelte die zierliche Französin an, die ihre melancholischen Überlegungen unterbrochen hatte.

»Sie haben mir schon geholfen, Madame«, erwiderte Morgana. Sie berührte liebevoll Madame Tussauds Arm. »Ich werde den Tag nie vergessen, an dem Ihre Kutsche vor unserem Haus zusammenbrach. An jenem Tag war mir das Glück freundlich gesonnen!«

»Ebenso freundlich wie mir«, sagte Madame Tussaud, und als sie lächelte, erschienen Grübchen in ihren Wangen. »Mon dieu! sagte ich, als dieses dumme Rad abging. Mon dieu, was soll ich jetzt tun. Es war eine törichte Frage, wie mein Sohn mir sofort sagte. Geh und hole Hilfe, sagte er. Aber noch ehe ich aus der Kutsche ausgestiegen war, erschien bereits ein Engel.«

Morgana schüttelte den Kopf. »Ich war gewiß kein Engel, Madame. Ich benahm mich nur so, wie sich jeder anständige Mensch benommen hätte.«

»Non, non, ma petite. Sie kennen die Welt nicht so gut wie ich. Es gibt nur sehr wenige Menschen auf der Welt, die einer alleinstehenden Frau mit einem Kind und Bergen seltsamen Gepäcks helfen würden.«

Morgana lachte, als sie sich an diese Szene erinnerte. Sie hatte keinen Augenblick gezögert, der Fremden ihre Hilfe anzubieten. Aber als sie die merkwürdigen, lebensechten Wachsfiguren und Köpfe gesehen hatte, die während des Unfalls aus den Schachteln gefallen waren, war sie für kurze Zeit in Panik geraten.

Miß Evans und ihre Tante waren entsetzt gewesen und hatten sich laut gefragt, ob die französische Dame eine Mörderin war, die die Leichen ihrer Opfer in die abgelegene Gegend von Wales brachte, um sie dort loszuwerden.

Morgana verübelte ihnen nicht, daß sie dies dachten, denn die Wachsfiguren sahen überaus lebensecht aus.

»Ich gebe zu, daß ich einen Augenblick lang entsetzt war«, sagte Morgana. »Besonders als ich den Kopf von... wie hieß er doch?«

»Robespierre ...«

»... ja, den Kopf von Robespierre sah. Mein Magen drehte sich um, und ich fürchtete, ich könnte die Fassung verlieren.«

»Die Wachsfiguren sehen wirklich sehr lebensecht aus, n'est pas?« sagte Madame Tussaud stolz. »Kommen Sie, ich möchte Ihnen etwas zeigen. Ich habe die letzten zwei Tage daran gearbeitet. Es wird Ihnen gefallen. Es ist eine Produktion zu Ehren der Thronbesteigung Ihres Königs George IV.«

Sie gingen langsam zum Herrenhaus hinüber und genossen die Frühlingssonne und den frischen Duft der Blüten.

Morganas Neugier war geweckt. Während der letzten Wochen, seitdem Madame Tussaud bei ihr wohnte, war sie mit dem vertraut geworden, was Madame unter einer Produktion verstand.

»Dies ist nur ein Versuch, wissen Sie«, sagte Madame Tussaud. »Ich bin nicht sicher, ob sich dieses Konzept bewährt. Ich habe es vorher noch nicht ausprobiert.«

»Ich bin davon überzeugt, daß Ihnen nichts mißlingt«, erwiderte Morgana. »Sie sind talentiert und haben ein untrügliches Gespür dafür, was ankommt. Wer hätte gedacht, daß Sie so großen Erfolg haben würden, als Sie das blutbeschmierte Hemd Heinrichs VIII. zeigten?«

»Ah, ma cherie, Sie würden sich über die Blutrünstigkeit der Menschen wundern. Sie stehen stundenlang Schlange, um sich die entsetzlichsten Spektakel anzusehen. Ich weiß noch, wie sich die Menge in Manchester drängte und schob, um meine Sammlung von Totenmasken zu sehen. Für ein paar gruselige Schauer, die ich ihnen verschaffe, bezahlen die Leute noch extra. In einer besonderen Abteilung natürlich«, fügte sie hinzu. »Es war ein voller Erfolg, als ich meine Ausstellung in Manchester zeigte. Ich kündigte an, es gäbe einen speziellen Raum für die entsetzlichsten Ausstellungsstücke, die nicht gut zu meinen königlichen Wachsfiguren paßten. Und das Publikum bezahlte bereitwillig sechs Penny extra, um diesen Raum zu sehen.«

Morgana nickte nachdenklich. Ihr kam eine Idee. Sie wollte Madame Tussaud dazu überreden, die Dauer der Ausstellung, die im Tredegar House geplant war, um vier Monate zu verlängern und nicht nur auf einen Monat zu beschränken. Ihr Anteil an den Eintrittsgeldern wäre dann beträchtlich höher und würde vielleicht ausreichen, um die Kosten für die Dachreparatur zu decken. Dann bräuchte sie sich nur um den Betrag, der notwendig war, um die Ausstellung zu finanzieren, an Lord Badenfield zu wenden.

»Madame«, begann sie zögernd, »Madame, ich weiß, wir haben vereinbart, daß Sie Ihre Ausstellung nur einen Monat lang hier zeigen wollen. Aber könnten Sie nicht darüber nachdenken, sie auf vier Monate zu verlängern?«

»Ma fille, dazu kann ich mich nicht bereit erklären, so gern ich es täte. Meine Ausstellungen dürfen niemals langweilig werden, sie müssen immer aufsehenerregend, erzieherisch und auf dem letzten Stand sein. Sie müssen die Pracht des Lebens zeigen, das ich in Gestalt von Königen und Königinnen präsentiere, und die neuesten Ereignisse, indem ich ständig berühmte Persönlichkeiten und berüchtigte Verbrecher hinzufüge. Aber das Herz meiner Ausstellung wird immer jene finstere Periode der französischen Geschichte sein, die Revolution!

Ich muß in eine andere Stadt weiterreisen, ehe meine Arbeit das Publikum langweilt.«

»Aber wir liegen hier so zentral, Madame Tussaud. Wir könnten Plakate und Handzettel in benachbarten Dörfern und Städten verteilen und die Leute wissen lassen, daß die Ausstellung für einige Zeit im Tredegar House zu sehen ist. Außerdem würde es Ihnen guttun, eine Weile an einem Ort zu leben. Und denken Sie an Ihren Sohn. Er würde gern länger als einen Monat an einem Ort bleiben.«

»Das klingt verlockend«, gab Madame Tussaud zu.

»Und denken Sie auch an die Wirkung, die Sie erzielen würden!« fuhr Morgana beharrlich fort. »Die meisten von uns wissen zwar über die wichtigen Ereignisse Bescheid und diskutieren darüber, aber wir haben keine Ahnung, wie die Menschen aussehen, über die wir reden. Wir leben zu weit von London entfernt, um auf dem laufenden zu sein. Die Leute in Wales würden gern wissen, wie Napoleon, Wellington oder Despard aussehen. Die Liste ist endlos!«

Madame Tussaud lachte. »Sie haben mich fast überzeugt, Morgana, Sie und meine schmerzenden Glieder«, sagte sie. »Ich will darüber nachdenken.«

Schweigend gingen sie zum Haupteingang von Tredegar House.

»Nun werden Sie mir ehrlich Ihre Meinung über meine neuesten Arbeiten sagen, n'est-ce pas?« sagte Madame Tussaud und öffnete schwungvoll die große, hölzerne Doppeltür. Sie trat beiseite, damit Morgana das Bild betrachten konnte, das sie mit ihren Wachsfiguren inszeniert hatte. Mehrere lebensgroße, prachtvoll gekleidete Wachsfiguren waren in Gruppen in der langen Säulenhalle aufgestellt. Sie schienen alle zum hinteren Ende der Halle zu blicken.

Morgana ging auf die Figuren zu und blieb voller Bewunderung ein paar Schritte entfernt davon stehen.

Madame Tussaud hatte eine Wachsfigur von George IV. geschaffen. Er saß auf einem scharlachroten, goldenen Thron.

»Dazu wird Musik spielen«, sagte Madame Tussaud leise, denn sie fürchtete, den Bann zu brechen, in dem ihr Werk Morgana gefangen hielt.

»Joseph wird den Pianisten auf der Violine begleiten.«

Joseph war Madame Tussauds Sohn.

»Das ist eine großartige Idee«, flüsterte Morgana.

»Was Sie hier sehen, ist die Reproduktion des Thronsaals im Carlton House. Petrie und Walker haben den Thron für mich gebaut.«

»Wer sind die Herren?« fragte Morgana.

»O meine Liebe, haben Sie noch nie von ihnen gehört? Sie sind die besten Möbelschreiner. Ich gebe ihnen viele Aufträge. Ah – nun bringen Sie mich auf eine neue Idee. Ich werde eine Erklärung dazu schreiben, wer sie sind. Ich sehe, daß ihre Namen keineswegs so bekannt sind, wie ich immer gedacht habe.«

»Manchmal komme ich mir sehr ungebildet vor«, sagte Morgana. »Ihre Ausstellung ist großartig und wird uns Provinzler, die wir unsere östlichen Grenzen nie überschritten haben, ein wenig bilden.«

Madame Tussaud sah Morgana eindringlich an. »Ich bin der Meinung, es ist höchste Zeit, daß Sie einmal nach London reisen«, bemerkte sie. »Haben Sie dort keine Verwandten, die Ihr Debüt arrangieren können?«

Morgana schüttelte den Kopf. »Keinen einzigen. Mein

Vater benannte einen Vormund, der mein Vermögen verwaltet, bis ich mit einundzwanzig Jahren volljährig bin. Dann kann ich tun und lassen, was mir gefällt, meine liebe Madame Tussaud.«

»Morgana, mir scheint, daß Sie jetzt schon tun und lassen, was Ihnen gefällt«, sagte Madame Tussaud. »Aber ich halte es nicht für gut, wenn eine junge Frau in Ihrer Stellung so allein und mit so vielen Problemen beladen ist. Ihr Vormund sollte sich um Sie kümmern! Vielleicht lerne ich ihn ja kennen, wenn ich in London bin. Dann werde ich ihm sagen, was ich von ihm halte.«

Morgana lachte. »Ihre Fürsorge freut mich, Madame, aber bitte sprechen Sie nicht mit ihm. Nächstes Jahr bin ich volljährig, und ich glaube nicht, daß ein Debüt in London für mich wichtig ist.«

»Und eine Ehe? Steht die auch nicht auf Ihrer Tagesordnung?«

Morgana zuckte mit den Achseln. »Wenn ich mich jemals verlieben sollte, könnte ich es mir vielleicht überlegen. Aber ich habe hier in Wales so viel zu tun. Wir sind ein armes, rückständiges Land, und die Lebensumstände vieler Menschen hier sind unmenschlich. Wissen Sie, wie viele Bergleute in den Gruben sterben? Haben Sie eine Ahnung von der Not der Waisenkinder? Sie leben in Arbeitshäusern und werden mißbraucht. Man zwingt sie, als Kaminkehrer zu arbeiten und verkauft sie als Dienstboten an jedermann, der es sich leisten kann. Ich habe eine Idee, wie man diesen Kindern helfen könnte. Ich glaube fest daran, daß Bildung das Wichtigste ist, was man ihnen geben sollte. Meine Mutter kannte den Wert der Bildung, und ihr Vermächtnis an mich war es, daß ich eine Erziehung erhielt, die normalerweise dem ältesten Sohn zukommt.«

Morgana hielt inne und machte mit beiden Armen eine umfassende Geste. »Ich möchte aus diesem Haus eine Schule für Waisenkinder machen.«

»Bravo!« sagte Madame Tussaud und klatschte in die Hände. »Sie haben eine wunderbare Idee, und mit Ihrer Energie werden Sie Erfolg haben. Wer weiß, ma petite, ich könnte vielleicht in einer besonderen Ausstellung die Not dieser armen Waisenkinder zeigen. Es wäre dramatisch – ein kleiner Junge, der in einem Kamin steckenbleibt, während der Hausherr ein Feuer unter ihm anzündet; ein Mädchen in Lumpen, das zum Betteln gezwungen wird. Ja, Morgana, das werde ich tun. Und ich werde die Ausstellung Ihnen widmen«, fuhr Madame Tussaud mit wachsender Begeisterung fort. »Vielleicht schockiert es einige englische Aristokraten hinreichend, so daß sie Geld für Ihre Schule stiften.«

Morgana war zu überwältigt, um zu antworten. Sie umarmte Madame Tussaud und kehrte dann in das Gartenhaus zurück, um den notwendigen Brief an ihren Vormund zu schreiben. Er würde ihr das Geld schicken müssen.

4. Kapitel

Lord Dana blieb vor der Tür des Arbeitszimmers seines Vaters stehen und holte tief Luft. Er wußte, daß sein Vater ihn wegen des Duells, das er am Abend zuvor ausgetragen hatte, tadeln würde. Aber würde er auch sein Wort wahrmachen und ihn aus London verbannen?

Er atmete langsam aus. Dann nickte er dem Diener John zu, er möge ihn anmelden.

John tat dies mit großem Eifer. Er wollte so rasch wie möglich aus dem Blickfeld verschwunden sein, ehe Lord Badenfield seinen Zorn an seinem widerspenstigen Sohn ausließ. Das Gerücht ging um, Lord Dana würde London für einige Zeit nicht mehr mit seiner Anwesenheit beehren.

Lord Dana verzog leicht das Gesicht, denn sein Vater stand unbeweglich am Fenster und schaute hinaus. Ohne den Kopf zu wenden, sagte er: »Du kannst Platz nehmen, Dana.«

»Danke, Sir«, erwiderte Lord Dana und sank in einen großen, wuchtigen Sessel, der ihn ein wenig vor den Blikken seines Vaters verbarg.

Doch sein Vater sah weiterhin zum Fenster hinaus, offenbar gefesselt von irgend etwas, das im Garten passierte. Lord Dana rutschte unbehaglich auf seinem Sitz hin und her.

Schließlich drehte sich Lord Badenfield um und betrachtete seinen Sohn. Seine Miene war undurchdringlich. Er musterte jedes Detail von Danas Kleidung.

»Ich hatte nicht erwartet, daß du der Vorladung folgst, ehe du deine Toilette beendet hast«, bemerkte er.

Lord Dana blickte verwirrt an seinem makellosen Aufzug hinab. Er hatte sich beträchtliche Mühe gegeben, nach der neuesten Mode gekleidet zu sein. Der dunkelgrüne Gehrock paßte ihm wie angegossen; die grauen Kniehosen zeigten seine muskulösen Schenkel, und die Halsbinde wurde von einer einzigen Diamantnadel in einfachen Falten gehalten.

Lord Badenfield unterzog seinen Sohn weiterhin einer intensiven Musterung. »Du hast das Schönheitspflaster vergessen«, sagte er schließlich.

Lord Dana lachte kurz auf. »Das ist etwas für geckenhafte Stutzer. Ich habe für diese Mode nichts übrig.«

Lord Badenfield hob eine Augenbraue. »Es scheint, daß du auch für die Manieren eines Gentleman nichts übrig hast!«

»Sir, das ist ein höchst unfreundlicher Hieb!«

»Nicht unfreundlicher als der, den du gestern abend Lippert zugefügt hast. Ich dachte, ich hätte meine Ansichten über deine Unfähigkeit, dein Temperament zu zügeln, mehr als deutlich gemacht. Ich möchte nicht, daß der Name Badenfield bei White's in aller Munde ist.«

»Sir, ich möchte Sie wissen lassen, daß Lippert die Karten gezinkt hat.«

»Das weiß ich, Dana. Aber ich verstehe nicht, weshalb du darauf bestanden hast, die Angelegenheit sofort zu regeln.« Lord Badenfield hob eine Hand, als sein Sohn etwas darauf erwidern wollte. »Eine Ehrensache, die in der angemessenen Weise geregelt wird, wäre zu entschuldigen gewesen. Ein Eklat in einem Spielsalon ist unverzeihlich!«

»Ich nehme Anstoß an Ihrem Mißbrauch des Wortes Ehre, Sir. Ich regele meine Meinungsverschiedenheiten mit anderen Leuten immer ehrenhaft.«

Lord Badenfield neigte leicht den Kopf. »Dann muß ich um Verzeihung bitten, weil ich nicht auf dem neuesten Stand zu sein scheine, Dana. Zu meiner Zeit haben wir nicht an öffentlichen Orten gekämpft und nicht wenn wir betrunken waren. Die modernen Sitten gehen offensichtlich über mein Fassungsvermögen hinaus.«

Lord Dana lächelte gequält. »Die Sitten haben sich gewiß verändert, denn ich kann mir nicht vorstellen, daß heutzutage jemand einen Kellner aus dem Fenster wirft und sagt, er solle auf die Rechnung gesetzt werden.«

»Lord Glasgow war für seine Exzentrik bekannt. Ich möchte nicht über das Verhalten anderer Leute reden, sondern über das deine, Dana. Du wirst London unverzüglich verlassen, ehe du deiner Mutter weiteren Kummer bereitest.«

»Und wenn ich mich weigere?«

»Das wirst du nicht tun, Dana. Auf die eine oder andere Weise kann ich deine Abreise erzwingen.« Lord Badenfield ging zu seinem Schreibtisch und gab seinem Sohn damit etwas Zeit, über seine Worte nachzudenken. Er öffnete die oberste Schublade, zog einige Papiere heraus und blätterte sie durch.

Lord Dana trat einen Schritt zurück. Er entnahm dem Tonfall seines Vaters, daß dieser keine Widerrede dulden würde.

»Dann sage ich Ihnen am besten Lebewohl, Sir. Wenn ich London unverzüglich verlassen soll, muß ich noch gewisse Arrangements treffen.«

»Natürlich«, murmelte Lord Badenfield. »Ich habe die

Notwendigkeit vorausgesehen, daß du die Stadt verlassen mußt. Daher wartet eine dringende Aufgabe für dich in Wales.« Er hielt die Schriftstücke hoch, die er eben aus der Schublade genommen hatte, und reichte sie seinem Sohn. »Diesen Unterlagen kannst du die Einzelheiten entnehmen. Ich will dich kurz informieren. Ein alter Freund von mir starb vor ungefähr einem Jahr. Er ernannte mich zum Treuhänder seines Vermögens. Ich war überrascht, als ich erfuhr, daß er eine Tochter hinterließ, Morgana Williams. Sie ist Waise, weil seine Frau, Morganas Mutter, schon vor mehreren Jahren gestorben ist. Ich habe mit Miß Williams nur eine flüchtige Korrespondenz geführt, doch langsam erkenne ich, daß sie eine junge Frau mit merkwürdigen Ansichten ist. Mit ihrer jüngsten Geldforderung möchte sie Madame Tussaud helfen, eine Ausstellung zum Wohle der Armen von Wales einzurichten. Tredegar House grenzt an dein Besitztum. Ich möchte, daß du dir die Zeit nimmst und Miß Williams besuchst. Versuche, sie davon abzubringen, so philanthropisch zu sein. Ich glaube nicht, daß sie eine Ahnung von der Größe ihres Vermögens hat, über das sie verfügen wird, sobald sie volljährig ist. Aber wenn sie sich von Leuten wie Madame Tussaud ausnützen läßt, wird sie bettelarm sein, noch ehe sie das fünfundzwanzigste Lebensjahr erreicht hat.«

»Madame Tussaud ist meines Wissens nicht dafür bekannt, daß sie alleinstehende junge Damen ausnützt«, sagte Lord Dana. »Ich habe sie zwar nie kennengelernt, aber ich glaube, sie besitzt den Ruf, eine kluge, unabhängige, äußerst talentierte Künstlerin zu sein.«

»Ich weiß nur, daß Philippe Curtis ihr Lehrmeister im Wachsmodellieren war und sie den Sturm auf die Bastille miterlebt hat. Ich glaube, sie war die erste Frau, die jemals eine Totenmaske anfertigte. Man muß schon ein sehr gefühlloser Mensch sein, um einen Abdruck vom Kopf einer eben enthaupteten Person herstellen zu können. Aber vielleicht schätze ich sie falsch ein. Trotzdem wäre mir wohler zumute, wenn du die Lage in Wales überprüfen würdest. Vielleicht könntest du auch deinen Verwalter bitten – Mr. Llewellyn, nicht wahr? –, Miß Williams im Auge zu behalten und dir alles zu berichten, was ihm merkwürdig vorkommt. Der Mann wird wissen, was dort vorgeht.«

»Hat Miß Williams irgendwelche Verwandten?« fragte Lord Dana gelangweilt. Er interessierte sich weder für Miß Williams noch für ihre Probleme oder ihr Vermögen. Der Gedanke, in diesem Stadium seiner Bemühungen um Lady Jane längere Zeit außerhalb Londons verbringen zu müssen, war ihm mehr als unangenehm.

Lord Badenfield nickte. »Ich glaube, eine ältere Tante lebt mit ihr zusammen. Verwende einige Zeit darauf, diese Dinge für mich zu klären, Dana. Ich wünsche nicht, daß du nach London zurückkehrst, ehe Lippert sich erholt hat und der Seelenfriede deiner Mutter nach deiner jüngsten Eskapade wiederhergestellt ist.«

»Ich habe nicht bemerkt, daß Mamas Seelenfriede gestört ist«, erwiderte Lord Dana. »Sie war bemerkenswert guter Dinge, als ich sie eben verließ.«

»Du hast ihr also schon über gestern abend berichtet? Ich hoffte, sie würde nichts davon erfahren, bis du abgereist bist. Also gut! Verabschiede dich von ihr und versichere ihr, daß du versuchen wirst, künftig dein Temperament zu zügeln.«

Lord Dana verbeugte sich kurz. »Ist das alles, Sir?«

Lord Badenfield lächelte. »Du beeindruckst mich immer mit deiner Gelassenheit. Sie ist wirklich bemerkenswert.«

»Sir?«

»Du hast eine erstaunliche Selbstbeherrschung an den Tag gelegt, als ich dein Verhalten rügte.«

Der finstere Ausdruck verschwand aus Lord Danas Gesicht, und er mußte lachen. »Ich weiß, es ist klüger, nicht mit Ihnen zu streiten, Sir. Das ist ein fruchtloses Unternehmen. Darf ich mich jetzt entschuldigen. Ich habe noch viel zu erledigen, ehe ich abreise.«

Er nahm die Unterlagen, die Miß Williams betrafen, und schob sie in seine Jackentasche.

»Benötigst du irgendwelche Mittel?«

Lord Dana schüttelte den Kopf. »Danke für Ihr Angebot. Ich bin seit einiger Zeit solvent. Es wird Sie vielleicht überraschen, Sir, wenn Sie erfahren, daß ich während der vergangenen Jahre in engem Kontakt mit meinem Verwalter in Wales stand. Wir haben eine außerordentlich robuste Sorte Vieh gezüchtet. Robust genug, um die strengen Winter in Wales auszuhalten. Die Beträge, die ich dadurch einnehme, daß ich meine Bullen zur Zucht verwende, sind sehr zufriedenstellend.«

Ein Ausdruck aufrichtiger Überraschung trat für einige Sekunden in Lord Badenfields Gesicht. »Ich hatte keine Ahnung, daß du so tüchtig bist, Dana. Ich finde dein Unternehmen ausgezeichnet.«

Lord Dana lächelte. »Das habe ich von Ihnen gelernt, Sir.«

»So tüchtig zu sein? Ich dachte, alles, was du von mir geerbt hast, sei meine Liebe zum Spiel.«

»In diesem Fall ist dies ein und dasselbe. Ich erlaubte Mr. Llewellyn, ein kleines Vermögen aufs Spiel zu setzen, um seine Ideen über Mischrassen zu verwirklichen. Glücklicherweise war es ein Spiel, das sich ausgezahlt hat.«

»Dann wird es dir deine Abreise aus London ermöglichen, deine Investitionen selbst in Augenschein zu nehmen. Wenn du Geld brauchen solltest, um weitere Pläne zu verwirklichen, laß es mich bitte wissen. Ich werde nicht zögern, dir meine volle Unterstützung zu gewähren.«

Lord Dana nickte. Er war dankbar für diese unerwartete Unterstützung seines Vaters. »Ich werde sie gern in Anspruch nehmen, Sir. Mr. Llewellyn hat ausgezeichnete Ideen, wie er die Landwirtschaft in Wales verbessern will. Er benutzt mein Besitztum, um seine neuartigen Vorstellungen in die Praxis umzusetzen. Und wenn er seine Ideen verwirklicht hat, ist er manchmal in der Lage, die benachbarten Grundbesitzer zu überreden, ebenfalls mit ihren Ländereien zu experimentieren. Ich werde Sie wissen lassen, wie es Miß Williams geht, nachdem ich mit ihr gesprochen habe.«

»Und ich werde ihr inzwischen mitteilen, sie möge dich erwarten.« Er streckte seinem Sohn zuneigungsvoll die Hand hin. »Ich wünsche dir alles Gute. Und ich freue mich darauf, dich in ein paar Monaten wiederzusehen.«

»Wie Sie wünschen, Sir.«

Lord Dana verließ das Zimmer etwas besänftigt. Er hatte wenigstens die Achtung seines Vaters errungen. Nun mußte er nur noch Lady Jane dazu überreden, einige Zeit mit ihm in Wales zu verbringen. Wenn sie damit einverstanden wäre, würde es ihm nichts ausmachen, London für eine Weile zu verlassen.

Er lachte kurz auf. Das waren Träume. Weshalb um alles in der Welt sollte eine so begehrenswerte Frau bereit sein, mitten in der Saison die Stadt zu verlassen?

Lady Jane Weesner war an diesem Morgen nicht in der Stimmung, ihr ungeschicktes Dienstmädchen zu ertragen. Sie hatte einen höchst unbefriedigenden Abend mit Lord Dana verbracht. Er war eindeutig angetrunken und mit weit über einer Stunde Verspätung zu ihr gekommen und hatte kein einziges Wort der Entschuldigung geäußert. Ihr Unmut war noch gewachsen, als er ihr eine unvollständige Schilderung seines Duells gegeben hatte. Was für eine Torheit war es von ihm gewesen, zumal ihn sein Vater bereits vor den Folgen gewarnt hatte, wenn er in einen weiteren Skandal verwickelt werden sollte.

Warum hatte er so unüberlegt gehandelt! Sie konnte es sich nicht leisten, in diesem Augenblick seine Aufmerksamkeit zu verlieren, da alle nur denkbaren Kaufleute sie wegen ihrer Schulden bedrängten. Sie brauchte noch ein wenig Zeit, bis sie ihn dazu brachte, ihr einen Heiratsantrag zu machen. Sie zweifelte nicht daran, daß er in sie verliebt war, aber sie zweifelte an seiner Absicht, ihr den Rettungsanker seines Namens anzubieten. Die Ehe mit ihm war das einzige, was sie vor dem Schuldgefängnis retten würde, denn niemand würde es wagen, sie zur Zahlung zu drängen, wenn sie mit dem Erben eines Herzogtums verlobt war.

»Geh mir aus dem Weg!« rief sie, als ihr Mädchen gegen den Toilettentisch stieß. »Hinaus, Göre, ehe ich die Geduld verliere. Ich läute nach dir, wenn ich dich brauche!«

Das Mädchen huschte aus dem Zimmer, denn es fürchtete, die temperamentvolle Herrin könnte mit einem Gegenstand nach ihr werfen.

Lady Jane betrachtete sich im Spiegel. Sie wickelte spielerisch eine Haarsträhne um ihren Finger und dachte über ihre Zukunft nach. Um Lord Dana bei der Stange zu halten, durfte sie nicht übereifrig erscheinen. Sie mußte distanziert bleiben.

Sie stand ungeduldig auf und ging im Zimmer hin und her. Er hatte gestern abend angedeutet, daß sie ihn begleiten sollte, falls er London verlassen mußte. Nun, sie würde seine Bitte zunächst ablehnen. Dann würde sie gerade so lange warten, bis er sie vermißte und unverhofft in Wales erscheinen.

Sie streckte sich träge, als sie sich vorstellte, wie überwältigt er sein würde, sie dann wiederzusehen. Ihr Lächeln wurde breiter. Sie mußte es auf jeden Fall erreichen, daß er zum Wesentlichen kam, denn etwas anderes konnte sie sich nicht leisten.

Als ihr Mädchen eine halbe Stunde später die Ankunft Lord Danas meldete, ließ ihn Lady Jane absichtlich in ihrem eleganten Salon warten, bis sie ihre Toilette beendet hatte.

Aber jegliche Ungeduld, die Lord Dana empfunden hatte, während er im Zimmer auf und ab gegangen war, verschwand, als seine Geliebte vor ihm stand. Ihre Schönheit erregte ihn. Ihr Haar war kastanienbraun, und wenn sie es in der Abgeschiedenheit ihres Schlafzimmers löste, fiel es ihr bis zu den Hüften. Ihre Augen waren smaragdgrün und ihr Teint makellos.

»Dana, mein Teuerster, es tut mir so leid, daß ich dich warten ließ«, murmelte Lady Jane. Sie trat mit ausgestreckten Armen auf ihn zu, während sie sprach. Lord Dana küßte zärtlich ihre beiden Handflächen. »Ich hatte dich nicht so früh am Morgen erwartet.«

»Verzeih, meine Teuerste«, erwiderte er und legte einen Arm um sie. »Ich möchte deinen Tagesablauf nicht stören, aber ich habe in London nur noch wenig Zeit.«

Lady Jane lehnte sich leicht zurück und täuschte Kummer vor. »Dann war dein Vater also unerbittlich, was deine Abreise anbetrifft?« Ihre großen Augen füllten sich mit Tränen. »Ich werde dich sehr vermissen. Wie... wie lange mußt du dieses Exil ertragen?«

Lord Dana beeilte sich, seine Sache voranzutreiben. »Wäre es möglich, daß du mit mir kommst?«

»Das... das ist absolut unmöglich, Dana, Liebster. Es wäre unklug. Die Klatschbasen in der Stadt hätten einen Festtag. Es sei denn... es sei denn...« Sie hielt inne, und es gelang ihr, verwirrt auszusehen.

»Es sei denn was, mein Schatz?« flüsterte Lord Dana. Er stellte sich schon vor, wie sein Exil durch ihre Gegenwart verschönert werden könnte. »Gibt es etwas, das ich wissen sollte?«

Sie schloß die Augen, denn sie fürchtete, er könnte den Ausdruck der Panik in ihnen sehen. Jetzt war nicht die rechte Zeit, so leicht durchschaubar zu sein. Beinahe hätte sie ihn gefragt, ob er ihr einen Heiratsantrag machen wolle.

»Nein, nein, Dana«, erwiderte sie und ließ dabei ihre Stimme möglichst verführerisch klingen. »Nun, das heißt... wenn du mir deine Adresse hinterläßt, könnte ich vielleicht zu dir kommen, sobald ich mich davonstehlen kann. Meine Tante Amy wohnt dort irgendwo in der Gegend. Sie bittet mich ständig, sie zu besuchen.«

Lord Dana umarmte sie und küßte ihre verführerisch roten Lippen. Lady Jane preßte sich an ihn. Einen Augenblick standen sie eng aneinandergeschmiegt, dann löste sich Lord Dana mit spürbarem Zögern von ihr.

»Ich glaube nicht, daß du dich unbemerkt davonstehlen kannst, wie du es so charmant ausgedrückt hast, Liebste. Aber es ist für mich ein tröstlicher Gedanke, denn ich weiß, ich werde dich schrecklich vermissen.«

Lady Jane strich mit dem Finger über sein Gesicht und legte ihn dann auf seine Lippen. »Du schmeichelst mir, My Lord«, sagte sie neckisch. »Ich kann allerdings nichts versprechen. Ich habe mehrere Verabredungen, die ich nicht absagen kann.«

Sie wollte ihm nicht allzu voreilig etwas versprechen. Sein Wunsch, sie während seines Aufenthaltes in Wales bei sich zu haben, schien aufrichtig zu sein, und es würde ihn nicht verletzen, wenn er glaubte, sie habe noch andere Verpflichtungen. In zwei Wochen würde sie ihm nachreisen, nicht später, denn nur so lange reichte noch ihr Geld. Sie blickte kurz zu ihm auf und sah dann auf ihre Ziegenlederschuhe. »London wird mir ohne dich leer vorkommen, Dana, Liebster.«

»Und Wales wird ohne dich unerträglich sein, mein liebes Mädchen.« Er ging zu ihrem Schreibtisch. »Hier ist meine genaue Adresse. Wenn du zu mir kommen willst, bestehe ich darauf, daß du auf meine Kosten eine Kutsche mietest.«

Lady Jane war sehr erleichtert darüber, daß sie die Fahrtkosten nicht selbst aufbringen mußte. Aber sie verbarg dieses Gefühl geschickt und sagte, daß dieses Angebot nicht notwendig sei.

»Du bist so freundlich, Dana, zumal ich nicht versprechen kann, daß ich überhaupt aufs Land komme.« Sie legte einen Finger auf seine Lippen, als er protestieren wollte. »Laß mich zuerst meiner Tante schreiben. Ich gebe dir, sobald ich kann, Bescheid.«

»Es spielt keine Rolle, was deine Tante zu sagen hat, Liebste. Ich bestehe darauf, daß du eine Kutsche mietest, wenn du deinen Entschluß gefaßt hast. Ich werde jeden Tag nach dir Ausschau halten.«

Als Lord Dana sich von Lady Jane verabschiedet hatte, war er in wesentlich besserer Stimmung. Zu seiner Überraschung freute er sich nun darauf, eine Zeit mit Schießen und Jagen in Wales zu verbringen. Und wenn Lady Jane die Unbilden des Landlebens überstand, könnte sie vielleicht seine Werbung ernstlich in Erwägung ziehen.

5. Kapitel

Morgana trat zurück, um ihre Arbeit im Vorgarten zu betrachten. Im großen und ganzen war sie mit dem Ergebnis ihrer Bemühungen zufrieden. Ihre nächsten Nachbarn, Sir Walter und Lady Isabel Casper, waren kürzlich aus Asien zurückgekehrt und hatten ihr einige exotische Pflanzen mitgebracht. Lady Isabel, die Morganas Freude an der Gartenarbeit kannte, hatte ihr Ableger von Weigela geschenkt, einen hübschen Busch mit gelben Blüten namens Forsythie, von dem Sir Walter sagte, er gedeihe wie Unkraut.

Die Fußwege, die zum Haus führten, sahen nun gepflegt aus, und das mußte genügen. Jedenfalls hatte sie vor, die Wege, die zu den hinteren Gärten führten, mit Seilen abzusperren, damit die Besucher von Lady Tussauds Ausstellung nicht vom Weg abwichen.

»Sind Sie es, Morgana?«

Morgana drehte sich um und lächelte Lady Isabel an, die durch den Garten auf sie zukam.

»Meine Liebe, ich dachte doch, daß Sie es sind! Ihr Haar, wissen Sie. Aber Sie sollten wirklich einen Hut tragen. Was werden die Nachbarn denken, wenn Sie wie ein Dienstmädchen aussehen?«

Morgana lächelte. Lady Isabel war ihre liebste Nachbarin. Sie kannte Morgana gut genug, um sie wegen ihres unkonventionellen Verhaltens tadeln zu können.

»Ich glaube nicht, daß ein Hut viel ändern würde«, erwiderte Morgana lachend. »Und ich weiß sehr gut, was Sie von mir halten.«

Lady Isabel musterte Morgana einen Augenblick lang kritisch. »Ein Hut würde Ihnen einen Hauch von Eleganz verleihen, meine Liebe. Aber ich bin nicht gekommen, um Ihnen das zu sagen. Ich halte nach Edward Ausschau. Haben Sie ihn heute schon gesehen?«

Edward war Lady Isabels Sohn. Er war ein sympathischer junger Mann, der Pferderennen und die Landwirtschaft liebte. Er und seine Schwester Angelique waren mit ihren Eltern weit gereist und hatten durch das Leben in China, Indien und Afrika eine weitläufige Bildung erworben. Jetzt aber war Edward davon überzeugt, daß er nichts sehnlicher wünschte, als in Wales zu leben und die Ländereien zu bewirtschaften.

Morgana beantwortete Lady Isabels Frage mit einem Kopfschütteln. »Er war gestern hier und half Madame Tussaud, einige Wachsfiguren aufzustellen. Heute habe ich ihn noch nicht gesehen. Aber er hat gestern erwähnt, daß er mit Angelique vorbeikommen möchte, damit sie die Ausstellung sieht, ehe die Massen das Tredegar House überschwemmen.«

»Ja, richtig«, sagte Lady Isabel. »Ich ließ Angelique bei der Schneiderin. Sie ist dort zur letzten Anprobe ihrer neuen Garderobe. Edward sollte mich hier treffen und Angelique mit nach Hause nehmen. O du meine Güte, ich wollte, meine Kinder brächten ein wenig mehr Ordnung in ihr Leben. Jetzt muß ich nach Newport fahren, Angelique abholen und nach Hause bringen, ehe ich zu Lady Langley zum Lunch gehe. Wenn ich mich nicht beeile, bin ich wahrscheinlich nicht einmal rechtzeitig zum Dessert bei ihr.«

Lady Isabels Vorliebe für gutes Essen war bekannt, und man wußte allgemein, daß sie niemals eine Einladung ablehnte. Sie liebte das gesellschaftliche Leben ebenso sehr wie ihr Gatte die Abgeschiedenheit seiner Bibliothek.

»Ich würde Ihnen gern anbieten, Angelique an Ihrer Stelle abzuholen«, sagte Morgana. »Aber wenn ich in meinem Aufzug auf Mrs. Blythes Türschwelle erscheine, fürchte ich, könnte sie hysterisch werden.«

Lady Isabels Augen leuchteten auf. »Das ist die Lösung, meine Liebe! Ich begreife nicht, weshalb ich nicht selbst darauf gekommen bin. Sie fahren zu Mrs. Blythe und lassen sich ein neues Kleid für den Ball schneidern, den wir für Angelique geben. Sie wissen, daß Sie unsere Einladung nicht ablehnen dürfen, und Sie wissen auch, daß Sie von den Kleidungsstücken, die Sie gegenwärtig besitzen, keines zu diesem Anlaß tragen können. Es wäre reizend, wenn Sie Angelique an meiner Stelle abholen würden.«

Morgana hatte plötzlich das Gefühl, Opfer eines ausgeklügelten Planes zu sein. Eine Mutter ließ ihre Tochter nicht allein bei der Schneiderin zurück, nur weil sie sich vielleicht zu einem Mittagessen verspäten könnte. Morgana wollte gerade den Kopf schütteln, als Lady Isabel beschwörend ihren Arm packte.

»Bitte, Morgana! Ich weiß, Sie durchschauen meine kleine List. Lassen Sie mich nicht im Stich. Mrs. Blythe erwartet Sie. Eine äußerst exotische Kollektion von Seidenstoffen ist gerade aus China eingetroffen, und neue Schnittmuster kamen direkt aus Frankreich. Nehmen Sie Madame Tussaud mit. Sie wird gern die neueste Mode sehen.«

»Sie sind eine Schurkin, Lady Isabel«, sagte Morgana lachend. »Ich wollte Ihnen eben einen Korb geben. Aber nachdem Sie Ihr Komplott so reumütig eingestanden haben, kann ich das nicht tun. Ich hole Angelique ab, aber ich kann nicht versprechen, ob ich mich dazu überreden lasse, etwas zu kaufen.«

Sie bemerkte nicht den wehmütigen Tonfall ihrer eigenen Stimme. Sie hätte liebend gern eine neue Garderobe für sich selbst bestellt – alles, von der Unterwäsche angefangen bis zu Blusen, Röcken, Tageskleidern, Reitkostümen. Wenn sie doch nur mehr Geld hätte, sich so etwas zu erlauben, dachte sie.

»Nur ein einziges Kleid, Morgana«, sagte Lady Isabel. »Ich dulde keine Widerrede! Mrs. Blythe weiß Bescheid. Ich habe mit ihr darüber gesprochen. Sir Walter wird das Kleid für Sie bezahlen. Nein... nein... bitte seien Sie nicht gekränkt. Angelique lehnte es ab, einen Ball zu geben, wenn Sie nicht dabeisein können. Und ich weiß, Sie würden nicht kommen, wenn Sie nicht passend gekleidet sind.«

Morgana war zu überwältigt, um sprechen zu können. Sie wußte, daß es hoffnungslos war, Lady Isabel etwas ausreden zu wollen, wenn sie es sich einmal in den Kopf gesetzt hatte. Und Angelique war ebenso dickköpfig wie ihre Mutter.

»Sie sind sehr freundlich, Lady Isabel«, murmelte Morgana schließlich. »Aber ich habe genügend Geld und kann das Kleid selbst bezahlen. Madame Tussaud war überaus großzügig, als sie mir die Miete für Tredegar House gab. Ich komme sehr gut zurecht.«

Lady Isabel nickte und schwieg klugerweise. Sie war zufrieden, daß Morgana damit einverstanden war, zur Schneiderin zu gehen.

Morgana wußte jedoch nicht, daß Mrs. Blythe angewiesen worden war, ihr nur einen geringen Betrag für das Kleid zu berechnen. Den Rest der Rechnung sollte sie an

Sir Walter schicken. Außerdem hatte Lady Isabel Mrs. Blythe angewiesen, für Morgana eine vollständige Garderobe anzufertigen, sobald sie deren Maße besaß. Lady Isabel hatte bereits beschlossen, sich das Geld dafür von Seiner Gnaden, dem Herzog von Badenfield, zu holen. Sie ließ sich nicht von der Tatsache abschrecken, daß weder sie noch ihr Gatte Seine Lordschaft kannten. Aber ihre alte Freundin, Lady Jersey, war mit jedermann in der besseren Gesellschaft bekannt, und sie würde eine Begegnung arrangieren, wenn Lady Isabel Ende des Monats mit Angelique in London weilte. Ja, dachte Lady Isabel, sie würde liebend gern den Mann kennenlernen, der Morgana gezwungen hatte, während des vergangenen Jahres von Almosen zu leben. Kampfgeist zeigte sich in ihren Augen, aber Morgana bemerkte es nicht, denn ihre Aufmerksamkeit wurde auf Madame Tussaud gelenkt.

Lady Isabel begrüßte die Französin sehr herzlich. Anfangs hatte sie Bedenken gehabt, wie Madame Tussaud in Morganas Leben eingedrungen war. Aber Lady Isabel hatte bald ihren Arbeitseifer zu bewundern gelernt. Madame Tussaud war eine kluge, selbständige Frau, der es gelungen war, allein und ohne Hilfe in einer Männerwelt erfolgreich zu sein. Und nach Lady Isabels Einschätzung war es keine geringere Leistung, die Schrecken der Französischen Revolution überlebt und trotzdem die innere Kraft gefunden zu haben, eine hingebungsvolle Mutter zu sein. Zu viele von Lady Isabels Bekannten brachen über Madame Tussaud den Stab und nannten sie eine exzentrische, neuerungssüchtige Person und eine Schande für die Weiblichkeit.

»Altmodischer Unsinn!« hatte Lady Isabel zu ihrem Gatten gesagt. »Wir sollten Frauen unterstützen, die den

Mut haben, ein unabhängiges Leben zu führen, statt sie zu verdammen, weil sie anders sind.«

Sir Walter, der an die Offenheit seiner Frau und ihr tolerantes Denken gewöhnt war, stimmte ihr von ganzem Herzen zu. Er selbst billigte keineswegs die Art, wie die meisten Eltern ihre Töchter verzärtelten. Er hatte darauf bestanden, daß Angelique die gleiche Erziehung genoß wie Edward, und er war mit den Ergebnissen sehr zufrieden. Angelique besaß die gleiche Unabhängigkeit des Geistes, die er an seiner Frau so liebte und die er bei Morgana schätzte.

Morgana wäre überrascht gewesen, wenn sie gewußt hätte, daß Sir Walter und Lady Isabel sie dafür bewunderten, wie gut sie mit dem Leben zurechtkam, seitdem ihr Vater gestorben war. Aber es hätte sie verdrossen, wenn sie von Lady Isabels Plänen gewußt hätte, sich an ihren Vormund zu wenden.

Da Lady Isabel in manchen Fällen Verschwiegenheit für sinnvoller hielt als die ungeschminkte Wahrheit, würde Morgana nichts von der geplanten Begegnung erfahren.

»Und vergessen Sie nicht, Morgana, Mrs. Blythe erwartet Sie. Um welche Zeit soll ich die Kutsche für Angelique herüberschicken?« fragte Lady Isabel.

»Nach dem Tee. Dann hat Angelique genügend Zeit, Madame Tussauds Ausstellung zu besichtigen.«

»Und Ihnen selbst bleibt Zeit, um sich für das Kleid Maß nehmen zu lassen.«

Zwanzig Minuten später waren Morgana und Madame Tussaud auf dem Weg nach Newport. Da Madame Tussauds Kutscher mit den schmalen Straßen Schwierigkeiten hatte, kamen sie nur langsam voran. Zu langsam für

Morganas Geschmack, die allmählich daran zweifelte, ob sie das Geld für eine solche Frivolität ausgeben sollte, denn sie würde nicht nur die Kosten für das Kleid aufbringen müssen, sondern auch für das notwendige Beiwerk – Schuhe, Handschuhe, eine Stola – die Liste war beängstigend.

Madame Tussaud schwieg, als wüßte sie, was ihre junge Freundin quälte. Aber auf die eine oder andere Weise würde Morgana ihr Ballkleid bekommen, selbst wenn die Eintrittsgelder für die Ausstellung dafür verwendet werden müßten.

Plötzlich hielt die Kutsche ruckartig an. Morgana öffnete das Fenster und streckte neugierig den Kopf heraus. Der Kutscher war damit beschäftigt, seine Pferde zu beruhigen. Ein junger Mann, der von seiner zweirädrigen Kutsche gesprungen war, besänftigte ebenfalls sein sich aufbäumendes Gespann. Es waren zwei der herrlichsten Braunen, die Morgana je gesehen hatte.

»Es scheint, als sei der junge Mann mit sich selbst um die Wette gefahren!« sagte Morgana zu ihrer Begleiterin. »Es ist ein Wunder, daß wir nicht zusammengestoßen sind!«

Madame Tussaud sah ebenfalls zum Fenster hinaus. »Das kommt auf diesen schmalen Landstraßen immer wieder vor. Heutzutage denken die jungen Burschen nicht daran, daß auch noch andere Leute die Straßen benützen. Ich muß Pierre trösten. Er fährt so ungern über Land. Ich weiß, er wird sich aufregen.«

Morgana nickte. Sie öffnete die Kutschentür und klappte für Madame Tussaud die Stufen herunter. Sie stiegen beide aus. Während Madame Tussaud ihren Kutscher beschwichtigte, schlenderte Morgana zu der zweirädrigen Kutsche hinüber. Der junge Mann hatte seine Pferde inzwischen beruhigt, aber seine ärgerliche Miene zeigte, daß er keineswegs erfreut war.

Morgana verbarg ein Lächeln. Ein Fremder, der in diesem Teil von Wales die Beherrschung verlor, würde hier nicht lange willkommen sein.

»Vielleicht ist es unklug von mir, Ihnen meine Unterstützung anzubieten«, sagte sie. »Aber wäre es Ihnen eine Hilfe, wenn wir unsere Kutsche zurücksetzen und Sie vorbeifahren können? Es sieht so aus, als ob Sie es wesentlich eiliger hätten als wir.«

Beim Anblick Morganas vertiefte sich das Stirnrunzeln des jungen Mannes. Seine schwarzen Augenbrauen zogen sich über seiner aristokratischen Nase zusammen, und er machte ein ärgerliches Gesicht.

»Sprechen Sie mit mir?«

Morgana trat einen Schritt zurück, als wäre sie geschlagen worden. Eine derartige Arroganz war sie nicht gewohnt. Sie konnte sich nicht erinnern, daß jemals irgend jemand so unfreundlich mit ihr gesprochen hatte. Heftige Worte kamen ihr in den Sinn, aber sie schob sie beiseite. Es wäre unvernünftig, diesen Fremden noch mehr zu erzürnen.

»Da Sie in Eile zu sein scheinen, habe ich nur vorgeschlagen, daß wir mit unserer Kutsche bis zur Ausweichstelle zurücksetzen. Dann können Sie vorbeifahren.«

Der junge Mann musterte die altmodische Kutsche und murmelte: »Das ist nicht nötig! Ich brauche nur ein paar Sekunden, um mit meinem Fahrzeug zurückzufahren.«

Ohne Morgana zu danken, ließ er seine Pferde rückwärts gehen. Morgana verfolgte ihn ärgerlich mit ihren Blicken.

»Es gibt wirklich Leute mit miserablen Manieren!« sagte sie aufgebracht, als Madame Tussaud neben sie trat. »Kein Wort der Entschuldigung, daß er so rücksichtslos gefahren ist, kam ihm über die Lippen! Kein Wort des Dankes für meinen Vorschlag, daß wir mit unserer Kutsche zurücksetzen! Nichts! Er ist der arroganteste Mensch, der mir je in meinem Leben begegnet ist!«

»Haben Sie nicht die Nadel an seinem Rockaufschlag gesehen?« fragte Madame Tussaud. »Er ist ein Mitglied des Four Horseman's Club.«

»Und davon soll ich beeindruckt sein?« fauchte Morgana.

Madame Tussaud lächelte. »Nein, meine liebe Morgana, überhaupt nicht. Ich will damit nur sagen, daß es ein Eliteclub ist, dem nur die besten Reiter angehören.«

»Nun, Talent ist nicht das einzige, was man braucht, wenn man über schmale Landstraßen fährt! Gesunder Menschenverstand ist wichtiger!«

Als Morgana ihren Zorn ausgelassen hatte, stiegen die beiden Damen wieder in die Kutsche. Madame Tussaud klopfte an die Vorderwand als Zeichen für Pierre, und die Pferde setzten sich erneut in Bewegung.

»Ich wüßte gern, wer dieser Herr ist«, sagte Morgana. Sie sah zum Fenster hinaus, als sie an ihm vorbeifuhren. »Vielleicht hat er sich verirrt. Wir sehen hier selten Fremde, zumindest nicht so modisch gekleidete Fremde.«

»War ich nicht modisch gekleidet, als ich bei Ihnen unangemeldet erschien?« fragte Madame Tussaud lachend.

»O du meine Güte, ich habe manchmal eine lose Zunge! Nein, so habe ich es nicht gemeint, Madame Tussaud, und Sie wissen es genau.« Morganas Ärger war verflogen. »Vielleicht ist er ein Freund von Edward aus Oxford. Meinen Sie nicht? Oder ist er dafür ein wenig zu alt?«

»Viel zu alt«, erwiderte Madame Tussaud. »Vermutlich hat er sich verirrt, daher seine üble Laune. Nun, meine Liebe, ich habe zufällig ein paar Skizzen von Kleidern dabei. Ich nehme an, sie werden Ihnen gefallen.« Während sie sprach, zog sie die Skizzen aus ihrer Handtasche. »Was halten Sie davon?«

Als sie bei Mrs. Blythe ankamen, wußte Morgana schon genau, was sie wollte. Zur Überraschung der Schneiderin ließ sie sich bereitwillig Maß nehmen und war keineswegs verwundert, als Mrs. Blythe ihr den Preis für den Stoff nannte, den sie für das Ballkleid ausgewählt hatte. Der Preis war so absurd niedrig, daß Mrs. Blythe sicher war, Morgana würde Lady Isabels List durchschauen.

Obwohl Angelique ein paar Jahre jünger war als Morgana, zeigte sie eine erstaunliche Reife, als sie dem Gespräch über die Preise der verschiedenen Seiden- und Brokatstoffe zuhörte, die zur Auswahl standen. Nicht einmal mit einem Wimperzucken verriet sie, daß sie in das Komplott ihrer Mutter eingeweiht war. Ja, sie sprach so begeistert über einen Stoff aus meergrüner Seide, den teuersten, wie sie wußte, daß Morgana beschloß, ihr Kleid daraus nähen zu lassen.

»Du wirst mich in den Schatten stellen, Morgana«, sagte Angelique, als sie die Skizze des Kleides betrachtete, das Morgana ausgewählt hatte. »Ich werde in meinem weißen Brokatkleid langweilig neben dir aussehen.«

»Du wirst wie ein Engel aussehen und zweifellos die

Hälfte der Gäste glauben lassen, du seist auch einer«, erwiderte Morgana heiter. »Weiß steht dir sehr gut. Finden Sie nicht, Madame Tussaud?«

Madame Tussaud nickte. »Und wenn Sie eine Tiara aus weißen Gardenien tragen, verflochten mit Forsythienblüten, haben Sie Ihren Heiligenschein. Sie müssen nämlich wissen, Angelique, daß Sie das hübscheste Mädchen sind, selbst wenn Sie schmollen.«

Angelique klatschte entzückt in die Hände. Sie mochte die ungezwungene Art, in der sie und Madame Tussaud miteinander verkehrten. Obwohl Angelique keine falsche Bescheidenheit kannte, was ihr Aussehen anbetraf, machte sie auch kein zu großes Aufhebens davon. Sie freute sich auf ihr Debüt, aber sie zerbrach sich nicht den Kopf darüber, welche Eroberungen sie machen würde. Sie wollte nur dann heiraten, wenn sie sich wirklich verliebte. Sie hatte es nicht besonders eilig, die Sicherheit ihres Elternhauses gegen das Unbekannte einzutauschen. Mit siebzehn Jahren war sie im Begriff, erwachsen zu werden, und sie wollte jeden Augenblick davon genießen. Dabei bedauerte sie nur, daß Morgana nicht mit ihr nach London kommen konnte. Sie hatte immer gehofft, daß Edward und Morgana ein Paar werden würden, aber obwohl sie offensichtlich gern zusammen waren, dachte keiner von beiden daran, den anderen zu heiraten.

Angelique seufzte. Das Leben war viel einfacher gewesen, als sie noch in China gelebt hatten.

Lord Dana hatte beschlossen, sich auf der Fahrt nach Wales Zeit zu lassen. Deshalb hatte er zweimal bei Sir Tony übernachtet, der nach dem Eklat bei White's beschlossen hatte, sich für ein paar Wochen in sein Jagdhaus in Gloustershire zurückzuziehen. Lord Dana befand sich wieder im Frieden mit der Welt und begann allmählich, sich auf seinen erzwungenen Aufenthalt in Wales zu freuen. Die Landschaft war reizvoll, und Sir Tony hatte angedeutet, daß er nachkommen und das neue Bewässerungssystem besichtigen würde, das Mr. Llewellyn angelegt hatte. Sogar Sir Larry hatte erwähnt, daß er vielleicht seine Freunde in Wales besuchen würde, wenn London seinen Reiz verlieren sollte.

»Eine kleine Erholungspause ist genau das, was ich in ungefähr einer Woche brauchen werde«, hatte Sir Larry gesagt, als Lord Dana sich von ihm verabschiedete. »Man kann nur ein gewisses Maß an Flirt vertragen.«

Wenn nun auch noch Lady Jane beschloß, ihm in Wales Gesellschaft zu leisten, stünde alles zum Besten. Es wäre interessant, fern vom gesellschaftlichen Trubel einige Zeit mit ihr zu verbringen, um sie wirklich kennenzulernen. Er dachte durchaus an eine Ehe, und doch... das war der Haken daran... war er nicht sicher, ob sie zueinander paßten.

Er war so sehr in seine Gedanken über seine Beziehung zu Lady Jane vertieft, daß er nur wenig auf die Straße achtete. Deshalb fiel es ihm nicht auf, als sie von einer angemessen breiten Durchgangsstraße in eine schmale Landstraße überging. Erst im letzten Augenblick bemerkte er, daß ihm eine Kutsche entgegenkam. Daß er sein Gespann überhaupt zum Halten bringen und einen Zusammenstoß vermeiden konnte, sprach für seine Qualitäten als Kutschenlenker. Das Mädchen, das aus der anderen Kutsche gestiegen und zu ihm herübergekommen war, hatte ihn mit ihrem offensichtlichen Amüsement über die Situation verärgert – eine Situation, für die einzig und allein er verantwortlich gewesen war, denn er war eindeutig zu schnell gefahren.

Sein Ärger verflog in dem Augenblick, in dem er sich seinem Anwesen näherte. Von einem Aussichtspunkt auf der Kuppe des Hügels boten die gepflegten Ländereien ein angenehmes Bild. Mr. Llewellyn mußte für sein Geschick, das Land zu bewirtschaften, gelobt werden.

Lord Dana zügelte das Gespann. Er saß einen Augenblick ruhig da und betrachtete, was vor ihm lag. Ein Gefühl des Stolzes überkam ihn. Er hatte ein schönes Besitztum von seinem Onkel geerbt! Er war zum erstenmal kurz nach dem Tod seines Onkels hier gewesen. Er erinnerte sich daran, daß er damals ein wenig beunruhigt gewesen war, weil er gefürchtet hatte, das Besitztum könnte an seinen Mitteln zehren. Aber inzwischen hatte ihn Mr. Llewellyn, der das Gut schon für seinen Onkel verwaltet hatte, von der Ertragskraft des Besitztums überzeugt.

Während der folgenden Jahre hatten sie die Geschäfte vorwiegend schriftlich miteinander geregelt. Nur wenn Mr. Llewellyn für ein großes Projekt Geld benötigte, war er nach London gereist.

Lord Dana fragte sich, ob Mr. Llewellyn wußte, daß er ihn lediglich mit seiner weichen Stimme, die für die Waliser so typisch war, anzusprechen brauchte und alles bekam, was er wollte. Die Waliser schienen, oberflächlich betrachtet, beinahe ungehobelt zu sein, aber sie besaßen eine Empfindsamkeit, die Lord Dana äußerst einnehmend fand.

Sein Blick schweifte nach links, und er verzog ärgerlich das Gesicht. Wer um alles in der Welt hatte es zugelassen, daß die Ländereien, die an die seinen grenzten, so ungepflegt waren?

Er würde durch Mr. Llewellyn den Eigentümern anbieten, ihnen das Land abzukaufen. Es beleidigte seinen Besitzerstolz, wenn ein solcher Schandfleck dicht neben seinem Besitztum lag.

Er verweilte noch ein wenig, betrachtete die Landschaft und machte sich dann auf den Weg zu seinem Haus.

Er hatte vor, einen ruhigen Abend zu verbringen und mit seinem Verwalter die Bücher durchzugehen.

Später am Nachmittag wurde er unruhig, und er ließ sein Pferd satteln und beschloß, zum Tredegar House hinüberzureiten. Dort wollte er seine Visitenkarte abgeben und am nächsten Morgen einen formellen Besuch abstatten.

Morgana schlenderte mit Madame Tussaud durch den Garten, als Bessie, das Dienstmädchen, erschien.

»Miß Morgana, schauen Sie!« rief sie und hielt Morgana ein silbernes Tablett hin.

Darauf lag eine imposante elfenbeinfarbene Visitenkarte. »Ein Herr kam eben vorbei und erkundigte sich nach Ihnen. Er scheint ein sehr wichtiger Mann zu sein. Er hatte so etwas Besonderes an sich.«

Morgana nahm die Karte und las die zart gestochene Schrift: Earl of Lonsdale.

Der Name bedeutete ihr nichts.

»Ist er noch da?« fragte sie.

Bessie schüttelte den Kopf. »Nein, Miß. Ich glaube, Ihre Tante war nicht sehr höflich zu ihm. Sie war zufällig in der Halle, als der Türklopfer betätigt wurde. Sie öffnete die Tür.«

»O nein!« stöhnte Morgana. »Wie war das möglich? War er gekränkt über Tante Mattys Worte?«

»Er war zu höflich, um überhaupt etwas dazu zu sagen, Miß. Aber an seinem Gesichtsausdruck sah ich, daß er nicht allzu erfreut war, als Miß Fathingale ihn einen Mitgiftjäger nannte...«

»Was soll ich nur mit Tante Matty tun?« seufzte Morgana. »Hat er irgendwelche Andeutungen gemacht, weshalb er vorbeigekommen ist, Bessie?«

»Er sagte nur, ich soll seine Visitenkarte unbedingt meiner Herrin geben. Er wolle morgen wieder vorbeikommen, in der Hoffnung, daß er Sie dann sprechen kann.«

»Hatte er zufällig schwarzes Haar?« fragte Madame Tussaud scharfsinnig.

»Ja, allerdings. Schwärzer als der Pik-König!«

»War er groß? Stattlich? Gut gekleidet?« fragte Morgana.

»Ja, Miß Morgana, und sehr vornehm! Oh, das habe ich ganz vergessen. Er erwähnte Ihren Namen. Deshalb nehme ich an, er kennt Sie.«

Morgana schüttelte den Kopf. Sie kannte alle ihre Nachbarn, und darunter war keiner, auf den diese Beschreibung zutraf.

»Es muß der Mann sein, dem wir auf der Fahrt zur Schneiderin begegnet sind«, sagte Morgana zu Madame Tussaud. »Ich frage mich, was er von mir will. Und woher kennt er meinen Namen?«

»Vielleicht war er ein Freund Ihrer Eltern«, sagte Madame Tussaud.

»Dafür ist er zu jung.«

»Oder ist er ein lange vergessener Verwandter?«

»Dann hätte er gewartet, glauben Sie nicht?«

Madame Tussaud nickte. »Nun, wenn es tatsächlich

derselbe Herr ist, Morgana, kann ich es nicht erwarten, sein Gesicht zu sehen, wenn ihm klar wird, daß Sie die gleiche Person sind, die er so unfreundlich behandelt hat.«

Morgana lächelte. »Und ich kann es kaum erwarten, bis ich erfahre, was er will.«

6. Kapitel

Lord Dana war entsetzt über den baufälligen Zustand von Tredegar House und verärgert über Miß Williams, weil sie ihr Besitztum so hatte herunterkommen lassen.

Hatte sein Vater ihm nicht gesagt, daß Miß Williams eine wohlhabende junge Dame war? Es war ihm unbegreiflich, wofür sie ihr Geld ausgab. Sie mußte es wohl für andere Dinge vergeuden.

Vielleicht wäre sie deshalb auch bereit, ihm ihre Ländereien zu verkaufen. Er würde ihr ohne zu zögern den gerechten Marktpreis zahlen. Er lächelte. Je länger er über diese Idee nachdachte, um so besser gefiel sie ihm. Er machte sich eine Notiz in seinem Block, der auf dem Schreibtisch lag. Er wollte später an diesem Abend mit Mr. Llewellyn über diese Angelegenheit sprechen.

Es war lange nach Mitternacht, als er seinem Verwalter eine gute Nacht wünschte, und es dauerte noch eine weitere Stunde, bis er selbst zu Bett ging.

Mr. Llewellyn hatte ihm viel Stoff zum Nachdenken gegeben. Sie hatten ausführlich über das neue Entwässerungssystem gesprochen, das Mr. Llewellyn entwickelt hatte. Obwohl die Anfangskosten hoch waren, würde sich die Investition lohnen. Mr. Llewellyn hatte vorsichtig geschätzt, daß weitere hundert Acker Land bewirtschaftet werden könnten, sobald die Felder richtig entwässert waren.

Als Lord Dana das Thema Miß Williams anschnitt, sprach Mr. Llewellyn sehr ausführlich über sie. Er ließ seinen Zuhörer nicht im Zweifel darüber, daß er die junge Dame dafür bewunderte, wie sie die Schwierigkeiten zu überwinden versuchte, denen sie seit dem Tod ihres Vaters gegenüberstand. Obwohl Mr. Llewellyn seinen Vater nicht direkt kritisierte, weil dieser sich nicht vergewissert hatte, ob für sein Mündel hinreichend gesorgt wurde, blieben Lord Dana die Gefühle seines Verwalters gegenüber seinem Vater und seiner offensichtlichen Interesselosigkeit an Miß Williams' Wohlergehen nicht verborgen.

Er war erstaunt, als er erfuhr, daß Miß Williams von ihren Nachbarn geschätzt wurde. Nach seinem Zusammentreffen mit der seltsamen Dame, die bahuptete, Miß Williams' Tante zu sein, war er davon überzeugt gewesen, in ein Irrenhaus geraten zu sein.

»Das war Miß Perkins«, sagte Mr. Llewellyn. »Die Ärzte erklären, sie leide an seniler Dementia und Größenwahn. Aber wenn Sie meine Meinung hören wollen, würde ich sagen, daß sie nur ein wenig exzentrisch ist. Wir alle kennen die alte Dame gut und sehen gerne über ihr eigenartiges Betragen hinweg.«

Mr. Llewellyn hatte Lord Danas Interesse geweckt, als er Miß Williams ein Musterbeispiel an Scharfsinn und Klugheit nannte. Er hatte immer wieder betont, wie geschickt sie ihren Besitz mit den Almosen, die ihr vierteljährlich aus London geschickt wurden, verwaltete. Lord Dana war von der Vorstellung gefesselt, daß eine Frau Männerarbeit verrichtete. Er stellte sich eine große, maskuline Person vor, mit rauhen Händen und einer heiseren Stimme, weit entfernt von der delikaten Schönheit Lady Janes.

Er beschloß, am nächsten Morgen seinem Vater zu schreiben und ihm über die Situation im Tredegar House zu berichten. Er wollte ihm auch mitteilen, daß er vorhatte, Miß Williams angemessene Mittel zur Verfügung zu stellen, damit sie die notwendigen Instandsetzungsarbeiten auf ihrem Besitztum ausführen lassen konnte.

Er hatte sich dazu entschlossen, nachdem Mr. Llewellyn ihm versichert hatte, Miß Williams würde niemals ein Angebot annehmen, ihr Land zu verkaufen.

»Sie ist hier zu Hause«, hatte er zu Lord Dana gesagt. »Sie lebt gern hier, Sir.«

»Hat sie niemals den Wunsch geäußert, in London zu wohnen?«

Mr. Llewellyn hatte den Kopf geschüttelt. »Nein, niemals. Ich glaube nicht, daß Miß Williams abgeneigt wäre, für kurze Zeit die Hauptstadt zu besuchen, aber ihr Herz gehört Wales.«

»Nun, es könnte nicht schaden, sie auf die Probe zu stellen«, sagte sich Lord Dana jetzt. »Mehr als zurückweisen kann sie mich schließlich nicht.«

Morgana hatte beim Erwachen ein ungewohnt erwartungsvolles Gefühl. Sie war am vergangenen Abend spät eingeschlafen, da ihre Gedanken darum kreisten, was der dunkelhaarige Fremde wohl von ihr wollte.

Ihre Neugier war so groß, daß sie versucht war, zu Lady Isabel hinüberzufahren und sie zu fragen, ob sie wisse, wer der Herr war. Lady Isabel kannte jedermann in der Nachbarschaft. Vielleicht würde sie auch über den gutgekleideten Fremden einiges zu erzählen wissen. Möglicherweise war er ein Freund von Edward.

Aber die Vernunft und die guten Manieren behielten die Oberhand, und um die Mittagszeit teilte sie Bessie mit, sie warte im Salon, wenn ihr Besucher eintreffen sollte.

Madame Tussaud hatte ihr angeboten, ihr Gesellschaft zu leisten, um ihr beizustehen, aber Morgana hatte abgelehnt. Sie hielt sich für alt genug, auch ohne Anstandsdame zurechtzukommen.

In dem Augenblick, in dem Bessie Lord Dana ankündigte, bereute Morgana ihren Entschluß. Seine Gegenwart füllte den kleinen Raum, und Morgana war merkwürdig befangen.

Lord Dana wiederum sah Morgana ungläubig an, denn er erkannte in ihr sofort das Mädchen wieder, dem er am Tag zuvor auf der Landstraße begegnet war. Mißvergnügt runzelte er die Stirn.

»Ich bin gekommen, um Miß Williams zu besuchen«, sagte er ungeduldig.

Morgana richtete sich zu ihrer vollen Größe auf. Sie war immer noch gut einen Fuß kleiner als ihr Besucher. Hochmütig blickte sie zu ihm auf.

»Ich bin Miß Williams«, erwiderte sie. »Vielleicht sind Sie so freundlich und erklären mir, worüber Sie mit mir zu sprechen wünschen. Dann können Sie wieder gehen.«

Lord Dana hielt ihrem Blick stand. Diese Frau hatte absolut keine Ähnlichkeit mit dem Bild, das er sich von ihr gemacht hatte, und aus einem unerklärlichen Grund war sie ihm deshalb unsympathisch. Es fiel ihm auch schwer, den Ärger über ihre hochmütige Art, in der sie mit ihm gesprochen hatte, zu unterdrücken. Sie erinnerte ihn an eine fauchende Katze – mit gesträubtem Fell und kampfbereit.

»Fahren Sie immer im Aufzug eines Dienstmädchens über Land?« fragte er abrupt.

Die Frage kam so unerwartet, daß Morgana keuchte: »Ich bitte um Verzeihung?«

»Ihr völliger Mangel an Formalität, Miß Williams, Ihre

Kleidung und die Abwesenheit einer Anstandsperson würde jedermann glauben lassen, Sie seien eine Angestellte.«

»Ich kann mich nicht erinnern, daß ich jemals mit jemandem gesprochen habe, dem es so sehr an Manieren fehlt wie Ihnen, Sir. In diesem Teil des Landes ist jeder höflich. Ich nehme an, Sie sind aus London.«

Lord Dana machte eine kleine Verbeugung. »Ja, in der Tat, und dafür werde ich immer dankbar sein.«

»Sagen Sie mir bitte, weshalb Sie gekommen sind und was Sie von mir wollen. Danach können Sie ohne weitere Umstände dorthin zurückkehren, woher Sie kamen!«

»Ich glaube wirklich, ich ziehe die Londoner Manieren vor«, erwiderte Lord Dana verächtlich. »Lassen Sie mich meine Botschaft überbringen, Miß Williams, und ich werde glücklich sein, mich so rasch wie möglich wieder zu verabschieden. Der Herzog von Badenfield trug mir auf, Ihnen seine Empfehlungen zu überbringen.«

»Badenfield!« rief Morgana ungläubig. »Warum... warum... wer sind Sie? Was für Nachrichten haben Sie für mich? Hat er eingewilligt, mir das Geld zu schicken?« Sie hielt plötzlich verlegen inne.

»So viele Fragen, Miß Williams! Ich weiß gar nicht, wo ich mit meinen Antworten beginnen soll. Badenfield, wie Sie den Herrn nennen, ist mein Vater. Er hat mich beauftragt festzustellen, welche Mittel Sie benötigen und wofür.«

»Man sollte meinen, ein einziger Blick auf den Zustand meines Besitztums wäre eine ausreichende Antwort, Sir. Ich brauche Geld, damit das Dach über meinem Kopf nicht zusammenfällt. Ich brauche Geld, um aus Tredegar House ein...«

Lord Dana hob eine Hand und gebot ihr Einhalt. »Mich interessiert nicht, was Sie mit Ihrem Haus machen wollen, Miß Williams. Aber ich bin sicher, wenn mein Vater den erbärmlichen Zustand von Tredegar House gekannt hätte, wäre das Geld längst in Ihren Händen.«

Morgana wandte sich verärgert ab. Sie holte ein paarmal tief Luft. »Ihr Vater wußte von meiner Geldnot«, sagte sie schließlich. »Ich habe ihm alle vier Monate geschrieben.«

»Vielleicht hat sein Sekretär es versäumt, seine Aufmerksamkeit auf Ihre Notlage zu lenken«, erwiderte Lord Dana und fragte sich, weshalb er seinen Vater entschuldigte. Ganz gegen seinen Willen begann er, diese feurige Keltin dafür zu bewundern, wie sie ihren Besitz mit dem wenigen Geld, das sein Vater ihr schickte, verwaltete.

»Es ist belanglos, was der Sekretär Seiner Gnaden versäumt hat oder nicht«, fauchte Morgana. »Genügt es, wenn ich sage, daß ich sofort Mittel brauche, um Tredegar House vor der Eröffnung von Madame Tussauds Ausstellung in drei Wochen instand zu setzen? In der Halle müssen mehrere Reparaturen vorgenommen werden, ehe dieses Ereignis stattfinden kann.«

Lord Dana hob die Augenbrauen. Morgana erschien er bedrohlich und unnachgiebig. Sie seufzte, biß sich auf die Unterlippe und fragte sich, ob sie ihn durch ihren Temperamentsausbruch so sehr erzürnt hatte, daß er seinen Vater nicht darum bitten würde, ihr das nötige Geld zu schikken. Sie war hin- und hergerissen zwischen der Notwendigkeit, sich zu entschuldigen und dem Bedürfnis, ihm klarzumachen, daß sie nicht wie eine Bettlerin behandelt werden wollte.

Lord Dana bot sie das Bild eines jungen Hundes, der dabei ertappt worden war, wie er an etwas Wertvollem herumbiß. Sie sah bezaubedrnd unsicher aus, und sein Stirnrunzeln verschwand, und er lächelte nachsichtig.

»Ich kann Ihnen versichern, daß mein Vater gegen derartige Ausgaben nichts einzuwenden hat. Im Gegenteil, es wird mir ein Vergnügen sein, Ihnen das Geld vorzuschießen.«

»Ich bin kein Sozialfall, Mylord!« sagte Morgana widerborstig. »Außerdem wäre es unschicklich, von jemandem Geld anzunehmen, den ich nicht kenne.«

Der Gedanke, daß sie wegen seines Vorschlags verletzt sein könnte, war Lord Dana nicht in den Sinn gekommen. Deshalb war er ein wenig verblüfft über die Vehemenz ihrer Ablehnung.

»Sie mißverstehen mich, Miß Williams. Ich habe Ihnen nicht mein Geld angeboten. Ich will Ihnen nur Ihr eigenes Geld verfügbar machen.«

»Oh!« sagte Morgana etwas besänftigt.

»Mein Vater trug mir auf, Ihnen jede Höflichkeit zu erweisen und Ihre Forderungen zu erfüllen, wenn ich sie nicht für übertrieben halte. Wie ich schon sagte, das Geld, das ich Ihnen anbiete, ist Ihr eigenes.« Sein Tonfall war nun erneut hochmütig.

Morgana fand sein Auftreten unerträglich.

»Und Sie erwarten im Ernst, daß ich Ihnen dankbar bin, weil sie nach einem flüchtigen Blick auf mein heruntergekommenes Anwesen zu dem Schluß gekommen sind, daß ich keine leichtsinnige Verschwenderin bin.«

Lord Dana nickte, denn er verstand nicht ganz, weshalb Morgana auf seinen Vater so wütend war. »Ich muß gestehen, als ich gestern Ihr Anwesen neben dem meinen sah, war ich über die offensichtliche Vernachlässigung entsetzt. Da war mir natürlich noch nicht klar, daß Sie die Besitzerin sind. Ich wollte Ihnen durch meinen Verwalter anbieten lassen, Ihre Ländereien zu kaufen.«

»Ihre Arroganz ist grenzenlos, Mylord«, fauchte Morgana. »Ich würde meinen Besitz eher dem Teufel überschreiben, als ihn Ihnen oder Ihrem Vater zu verkaufen!«

»Ich glaube, Sie haben genug gesagt, Miß Williams«, erwiderte Lord Dana scharf. »Ich habe nicht vor, mir Ihre Beleidigungen länger anzuhören. Mr. Llewellyn wird Ihnen morgen einen Scheck überbringen. Ich werde ihn ermächtigen, Ihnen jegliche Hilfe zu leisten, die Sie benötigen, um die Arbeiter für die Instandsetzung Ihres Hauses zu besorgen. Bitte entschuldigen Sie mich jetzt. Ich wünsche Ihnen einen guten Tag!«

Ehe Morgana ihm erklären konnte, was für Reparaturen ausgeführt werden mußten, um in Tredegar House eine Schule für Waisenkinder einzurichten, war er gegangen. Sie war verletzt. Niemals in ihrem ganzen Leben war sie so gedemütigt worden. Sie ballte die Fäuste, als sie um Selbstbeherrschung rang.

»Ma petite, Sie sehen ja ganz verstört aus. Hat der Fremde Ihnen schlechte Nachrichten gebracht?« fragte Madame Tussaud besorgt. »Kommen Sie, Morgana, und setzen Sie sich. Sie sind ja ganz aufgeregt.«

»Ein unerträglicher Mensch! Er... er... Madame Tussaud, er ist der arroganteste, unverschämteste Mann, der mir je begegnet ist!«

Madame Tussaud faßte Morgana am Ellenbogen und führte sie zu einer Chaiselongue. »Setzen Sie sich, ma petite, setzen Sie sich! Sie werden sich sofort besser fühlen. Dieser Herr – sagte er Ihnen, wer er ist?«

Morgana setzte sich unter dem sanften Druck von Madame Tussauds Hand, aber sie ballte immer noch ihre Fäuste. »Badenfields Sohn«, brachte sie schließlich heraus. »Lord Dana Varley.«

»Der Sohn Ihres Vormunds?« fragte Madame Tussaud ungläubig. »Was, um Himmels willen, wollte er? Was hat er gesagt, daß Sie so aufgeregt sind?«

Morgana versuchte, Ordnung in ihre Gedanken zu bringen. Sie mußte zugeben, daß er in Wahrheit nichts gesagt hatte, worüber sie sich hätte aufregen können. Es war die Art und Weise, wie er mit ihr gesprochen hatte, die sie so außer Fassung brachte.

»Eigentlich nichts«, gab sie zu. »Er versprach mir, Mittel aus meinem Erbe vorzuschießen, damit ich Tredegar House instandsetzen kann.«

»Warum ärgert Sie das so?« fragte Madame Tussaud. »Sicher freuen Sie sich doch über diese Entwicklung?«

»Ja ... nein ... nun ... ich freue mich natürlich darüber, daß ich Geld bekomme, Madame Tussaud. Aber einem so arroganten Menschen verpflichtet zu sein, der sich nicht einmal dafür interessiert, was ich mit Tredegar House vorhabe. Bah!«

Sie stand auf und ging im Zimmer auf und ab. »Er hielt mich tatsächlich für ein Dienstmädchen! Finden Sie das amüsant? Das waren seine Worte! Und er besaß die Frechheit, den Umstand zu kritisieren, daß keine Anstandsperson anwesend war. Aber was noch schlimmer ist, er zeigte es ganz deutlich, daß er meine Kleidung schrecklich findet!«

Madame Tussaud bemühte sich, ein Lächeln zu verbergen. Morgana bemerkte es und war noch mehr beleidigt.

»Ich weiß, Sie finden das amüsant, aber von einem Fremden so gekränkt zu werden, ist empörend!«

Madame Tussaud versuchte, Morgana zu erklären, daß die Londoner gewöhnlich eine andere Einstellung zum Leben haben. »Sie sehen die Dinge anders. Sie reagieren anders. In meinem Land ist es das gleiche, ma petite. Arroganz scheint sich mit der Weltgewandheit zu entwikkeln.«

»Lady Isabel und Sir Walter sind nicht arrogant«, erwiderte Morgana. »Und doch würde ich sagen, daß sie weltgewandt sind.«

»Aber sie leben nicht in London, oder, Morgana? Sie besuchen gelegentlich London, so wie ich. Um die Arroganz zu entwickeln, die dieser Lord Dana offensichtlich an den Tag legt, muß man in einer Großstadt leben. Anstatt sich über seine Manieren aufzuregen, sollten Sie sie zu Ihrem Vorteil nutzen, meine Liebe. Sie sagen, er will morgen Mr. Llewellyn zu Ihnen schicken?«

Morgana nickte.

»Dann legen Sie Mr. Llewellyn ihre Bücher vor und führen Sie auf einer getrennten Liste alle Instandsetzungsarbeiten auf, die Sie vornehmen lassen wollen. Ich vermute, Mr. Llewellyn wird von Lord Dana Anweisungen erhalten, Ihnen alles zu besorgen, worum Sie bitten und was Sie brauchen. Wahrscheinlich wird er morgen wieder nach London zurückkehren.«

Morgana hörte aufmerksam zu. Was Madame Tussaud sagte, klang vernünftig. Trotzdem war sie ein wenig bekümmert bei dem Gedanken daran, daß ihr Nachbar sie offensichtlich mit Geringschätzung betrachtete.

»Sie haben recht«, sagte sie. »Ich habe mich dumm benommen.« Plötzlich verschwand ihr Stirnrunzeln. »Natürlich sollte ich seine Arroganz zu meinem Vorteil nützen. Wenn Mr. Llewellyn meinen Plänen für die Instandsetzung und den Umbau von Tredegar House zustimmt, werde ich alles Geld, das Ihre Wachsfigurenausstellung einbringt, den Armen von Wales zukommen lassen.«

Lord Dana ließ Tredegar House im Galopp hinter sich. Er war voller Zorn auf die junge Frau, die ihn so unfreundlich empfangen hatte. Er konnte sich nicht erinnern, jemals einem so widerborstigen, unhöflichen Menschen begegnet zu sein. Er würde es künftig Mr. Llewellyn überlassen, mit ihr umzugehen. In der Zwischenzeit wollte er sich lieber mit seinen anderen Nachbarn bekannt machen. Sein Verwalter hatte ihm am vergangenen Abend gesagt, daß er eine Einladung von Sir Walter und Lady Isabel Casper erwarten könne, sobald sie von seiner Ankunft wußten.

»Ja, ich würde sogar wetten, daß sie schon von Ihrer Anwesenheit erfahren haben, Mylord. Ich nehme an, morgen früh wird eine Einladung zum Lunch oder zum Tee abgegeben werden.«

Mr. Llewellyn hatte mit seiner Vermutung recht gehabt. An diesem Morgen war von Lady Isabel eine liebenswürdige Einladung zum Tee eingetroffen.

Der einzig tröstliche Gedanke für Lord Dana war es nun, daß die Caspers vermutlich kaum so kapriziös sein würden wie Morgana Williams. Und da er die nächsten sechs Monate in Wales verbringen mußte, würde ihm die Zeit in angenehmer Gesellschaft schneller vergehen.

Als er sein eigenes Haus betrat, war Lord Danas gute Laune wieder hergestellt. Er nahm sich vor, später an diesem Nachmittag Lachse zu angeln und am Abend noch einmal mit Mr. Llewellyn die Bücher durchzugehen. Das war einmal eine Abwechslung nach den Londoner

Abendunterhaltungen. Außerdem würde in wenigen Tagen Sir Tony eintreffen und mit ein wenig Glück Lady Jane danach.

Er hielt überrascht inne. Zum ersten Mal seit Monaten hatte er einen ganzen Tag lang nicht an Lady Jane gedacht.

Lady Jane brauchte zehn Tage um zu erkennen, daß sie einen Fehler gemacht hatte, als sie nicht zusammen mit Lord Dana aufs Land gereist war. Alle Kaufleute, denen sie Geld schuldete, erschienen nun vor ihrer Tür und verlangten sofort volle Bezahlung. Nur durch den Verkauf eines Teils ihrer Juwelen war es ihr möglich, die hartnäckigsten Gläubiger zufriedenzustellen. Aber das ganze Erlebnis kam ihr wie ein Alptraum vor und stürzte sie in großes Selbstmitleid.

Ihre Tante antwortete ihr gerade rechtzeitig, daß ihr Besuch ihr willkommen sei, und so entschloß sich Lady Jane, früher aus London abzureisen, als sie es eigentlich vorgehabt hatte. Noch nie war sie so erleichtert gewesen, einer Saison zu entrinnen.

Lord Dana hatte in einer nahegelegenen Mietstallung ausführliche Anweisungen hinterlassen, nach denen ihr die luxuriöseste Kutsche zur Verfügung gestellt werden sollte, und er hatte auch in den beiden bekanntesten Gasthäusern zwischen London und Wales für ihre Übernachtung gesorgt. Lady Jane war geschmeichelt über die Aufmerksamkeit, die er ihrer Reise schenkte.

In dem ganzen Durcheinander des Packens und der Vorbereitungen für einen ausgedehnten Landaufenthalt hatte sie nicht daran gedacht, daß es für sie unschicklich war, allein zu reisen. Sie würde natürlich ihr Mädchen mitnehmen. Als sie jetzt das Packen des letzten Koffers beaufsichtigte, fragte sie sich doch, wen sie bitten könnte, sie nach Wales zu begleiten.

Sir Tony Robards' Name kam ihr sofort in den Sinn. Er war Lord Danas engster Vertrauter. Was konnte natürlicher sein, als daß dieser seinen Freund besuchte? Die Idee gefiel ihr, und sie schrieb rasch ein paar Zeilen an Sir Tony, in denen sie ihn bat, sie sofort zu besuchen. Sie schickte ihr Mädchen zu seiner Wohnung mit dem Auftrag, auf eine Antwort zu warten.

Aber die Antwort fiel nicht so aus, wie Lady Jane es gehofft hatte. Sir Tony war nicht zu Hause und niemand wußte, wann er zurückkehrte.

»Verdammt, was soll ich nur tun?« rief sie ärgerlich und ging wütend im Zimmer auf und ab. Der einzige andere Mensch, der sie begleiten konnte, war Sir Larry Field. Sie hatte ihn zwar immer ungeheuer aufreizend gefunden ... Und doch ... hatte ihr nicht gestern jemand gesagt, daß er beim Kartenspiel viel verloren hatte? Vielleicht wäre ihm eine Pause im Glücksspiel willkommen.

Sie schrieb eine weitere Nachricht, und dieses Mal fiel die Antwort befriedigend aus. Sir Larry erschien höchstpersönlich.

»Also wirklich, Jane«, sagte er zur Begrüßung, »ob du es glaubst oder nicht, ich bin auf dem Weg zu Dana. Ich spiele gern deinen Begleiter. Dana wird nichts dagegen einzuwenden haben.«

Lady Jane lächelte ihn so charmant wie möglich an. »Lieber Larry, ich wußte, daß ich mich auf dich verlassen kann. Als ich Dana versprach, ihn zu besuchen, dachte ich nicht daran, wie schrecklich es wäre, allein zu reisen. Aber wenn du mich begleitest, werde ich mich sicher fühlen.«

»Ganz recht, Jane, ganz recht. Wann willst du aufbrechen? Ich treffe sofort alle Vorbereitungen!«

»Ich möchte keinen Augenblick länger als unbedingt nötig von Dana getrennt sein. Es ist erstaunlich, wie sehr ich ihn vermisse.«

Sir Larry sah Lady Jane überrascht an. Ihre Angelegenheiten mußten schlimmer stehen als er gedacht hatte. Im Gegensatz zu seinem Freund war er ihrem Charme nie erlegen. Er hatte Gerüchte über ihre finanziellen Schwierigkeiten gehört und war davon überzeugt, daß diese die Ursache für die rasche Flucht in die Arme ihres Geliebten waren, und keineswegs der Umstand, daß sie Dana vermißte. Aber obwohl ihn diese Angelegenheit nichts anging, half er gern, die Liebenden wieder miteinander zu vereinen. Lady Jane würde ohne den gesellschaftlichen Trubel Londons bald ihr wahres Gesicht zeigen.

»Ich gestehe, ich bin überrascht, Jane«, sagte er schließlich. »Ich dachte immer, Frauen brauchen eine Ewigkeit, bis sie mit dem Packen fertig sind.«

»Gott im Himmel, nein«, sagte Lady Jane. »Ich reise mit leichtem Gepäck.«

»Gut, ich bin bei Tagesanbruch bei dir. Auf diese Weise werden wir die Reise mit zwei Übernachtungen bewältigen.« Er machte eine elegante Verbeugung und verließ sie.

7. Kapitel

Während Lord Dana die Familie Casper vollzählig antraf, denn sogar Sir Walter war zum Tee aus der Bibliothek gekommen, verbrachte Morgana den ganzen Tag mit Mr. Llewellyn und sprach mit ihm über jedes Detail und jeden Raum im Tredegar House.

Morgana hatte Mr. Llewellyn bis dahin nur flüchtig gekannt und war sofort beeindruckt von seinem Wissen und den Vorschlägen, die er zur Modernisierung ihres Anwesens machte. Sie war überrascht, daß ein so kompetenter, intelligenter Mann im Dienste eines so arroganten Menschen wie Lord Dana stand, und sie zögerte nicht, dies Mr. Llewellyn zu sagen.

»Lord Dana ist ein sehr fortschrittlicher, kluger Mann, Miß Williams«, erwiderte Mr. Llewellyn. »Ich bin immer wieder erstaunt, wie rasch er bereit ist, Geld in meine Pläne zu investieren, obwohl ich ihm keinerlei Garantie dafür geben kann, daß sie erfolgreich sind. Niemand in dieser Gegend besitzt den Mut, ein solches Risiko einzugehen. Auch Ihr Vater tat es nicht, Miß Williams, und ich habe weiß Gott mein Bestes getan, um ihn davon zu überzeugen, er solle mit seinen Schafen experimentieren.«

»Wenn Mama nicht gestorben wäre, hätte Papa sich vielleicht mehr dafür interessiert, den Besitz in Ordnung zu halten«, antwortete Morgana. »Allerdings glaube ich auch nicht, daß er sich jemals so sehr für die Bewirtschaftung seiner Ländereien interessiert hat, wie es Ihr Eigentümer offensichtlich tut.«

Mr. Llewellyn nickte. »Genauso ist es, Miß Williams. Lord Dana ist sehr an der Landwirtschaft interessiert und auch daran, daß seine Pächter davon profitieren.«

Morgana runzelte die Stirn. Sie hatte Lord Dana nicht in diesem menschenfreundlichen Licht gesehen. »Er kümmert sich um seine Pächter?« fragte sie überrascht.

»Ich sehe, Sie kennen Lord Dana nicht«, antwortete Mr. Llewellyn. »Lord Dana ist sehr besorgt um das Wohlergehen seiner Pächter. Zu Weihnachten schickt er große Obstkörbe an jede Familie, die auf seinem Besitztum lebt. Und ich habe die Anweisung, bei der Geburt eines jeden Pächterkindes der Mutter einen Sovereign zu übersenden.«

»Das würde das Bevölkerungswachstum auf seinen Besitztümern erklären«, antwortete Morgana und verzog spöttisch ihr Gesicht. Aber in Wahrheit konnte sie nicht umhin, Lord Dana dafür zu schätzen. Zu viele ständig abwesende Grundherren kümmerten sich nur darum, was sie aus ihrem Besitztum erwirtschaften konnten. Sehr wenige von ihnen waren bereit, Geld für den Unterhalt auszugeben.

Mr. Llewellyn lachte. »Ihr Humor gefällt mir, Miß Williams. Es wird großen Spaß machen, Ihre Ländereien wieder in Schuß zu bringen. Lord Dana sagte, ich soll großzügig sein und ausgeben, was ausgegeben werden muß, denn jede Verbesserung wird von Nutzen für Sie sein.«

Diese Enthüllung überraschte Morgana noch mehr. War sie zu voreilig in ihrem Urteil über Lord Dana gewesen? Dann drängte sich ihr das Bild seines hochmütigen Gesichts auf, und sie schüttelte den Kopf. Nein, er war ein arroganter Londoner Geck, der wahrscheinlich nur aus Langeweile oder Amüsement den Vorschlägen seines

Verwalters zustimmte. Sie würde ihre Meinung über den Mann nicht deshalb ändern, weil Mr. Llewellyn ein paar gute Worte für ihn fand.

Mr. Llewellyn seinerseits war erfreut über die Aussicht, daß er seine fortschrittlicheren Ideen auf noch mehr Ackerland verwirklichen durfte. Morganas Verständnis für seine Vorschläge befriedigten ihn zutiefst. Sie gab ihm die Erlaubnis, den nördlichen Teil ihrer Felder für ein Befruchtungsexperiment, das er im Kopf hatte, einzuzäunen. Das Land in dieser Gegend war besser bewässert als irgendeines von Lord Dana, da das Wasser von den Bergen kam.

Ihr Wunsch, in Tredegar House eine Schule für Waisenkinder einzurichten, war so vernünftig wie alles, was er bis jetzt von ihr gehört hatte. Ihre Theorie über die Ausbildung armer Kinder, die ihnen Grund zur Hoffnung auf ein besseres Leben gab, war umwälzend, und je länger er darüber nachdachte, um so besser gefiel sie ihm. Morgana Williams war wirklich eine tatkräftige junge Dame.

Die Abenddämmerung brach an, als Madame Tussaud ihre Tagesarbeit beendete. Sie war sehr zufrieden damit, wie sich ihre jüngste Ausstellung entwickelte. Zum ersten Mal seit vielen Jahren war sie ein wenig glücklich. Es schien unglaublich, wenn sie an die Tage der blutigen Revolution zurückdachte und an die Rolle, die sie selbst dabei gespielt hatte. Irgendwie war es ihr gelungen, die Französische Revolution von Anfang an zu dokumentieren. Sie hatte die meisten prominenten Opfer persönlich gekannt, die durch die Guillotine den Tod fanden – Marie Antoinette, Ludwig XVI., Robespierre, Carrier und sogar den blutrünstigsten öffentlichen Ankläger, Fouquier-Tinville. Wenn sie jetzt an Fouquier-Tinville dachte, schauderte ihr. Sein Interesse hatte nichts anderem gegolten, als Köpfe vom Rumpf zu trennen.

Alles in allem waren fünftausend Köpfe gerollt. Mit Fouquier-Tinville hatte ihr Anteil der Dokumentation der Revolution geendet, denn mit seinem guillotinierten Kopf hatte sie sich als letztem beschäftigt. Nun galt ihre ganze Leidenschaft der geplanten Ausstellung.

Zu diesem Zweck hatte sie in dem großen Salon neben der Halle im Tredegar House die Köpfe von Robespierre, Herbert, Carrier und Fouquier-Tinville aufgestellt und ein Modell von Marat in der Badewanne. Was für ein abstoßender Mann er doch gewesen war. Pockennarbig und von der Hautflechte befallen, wodurch sein Körper ständig schlecht roch. Der Tod hatte ihn durch die Hand eines unbekannten Mädchens aus Caen ereilt. Sie hatte es als ihre Pflicht angesehen, Frankreich von dem Mann zu befreien, der für die Septembermorde verantwortlich war. Sie war in sein Zimmer eingedrungen, wo er in seinem medizinischen Bad saß, und hatte ihn erdolcht.

Madame Tussaud seufzte und schüttelte diese Erinnerungen ab. Sie waren zu abstoßend. Statt dessen konzentrierte sie sich auf die Frage, ob sie ein maßstabsgetreues Modell der Guillotine und eine Nachbildung der Bastille zeigen sollte. Sie wollte die Leute nicht mit zu vielen Informationen verwirren, aber sie wußte auch, daß die Menschen über das, was in Frankreich geschehen war, informiert werden wollten.

»Madame Tussaud... Madame Tussaud, sind Sie noch da?« Morganas Stimme hallte durch die Stille des Abends.

»Mais oui, Morgana, ich bin hier. Kommen Sie und

entscheiden Sie mit mir, ob ich die Modelle der Bastille und der Guillotine auch aufstellen soll.«

Morgana erschien im Salon und blieb wie angewurzelt stehen. Sie wurde blaß, als ihr Blick auf Marat fiel. Rasch sah sie zur Seite. »O Madame Tussaud, dieser Mann sieht schrecklich aus!«

»Nicht wahr? Im wahren Leben war er genauso. Glauben Sie, die Leute hier in Wales werden daran Anstoß nehmen?«

Morgana sah aus den Augenwinkeln noch einmal zu Marat hinüber. Sie schüttelte den Kopf. »Obwohl er so abstoßend ist, glaube ich es nicht. Und ich meine, Sie sollten unbedingt die Nachbildungen der Guillotine und der Bastille zeigen.« Sie warf einen letzten Blick auf Marat. »Ich glaube, die Leute werden sich sehr dafür interessieren.«

»Sie haben recht. Gut, ich kümmere mich morgen darum.«

»Eigentlich kam ich nur vorbei, um Ihnen zu sagen, daß Lady Isabel mich heute zum Abendessen eingeladen hat. Deshalb kann ich Ihnen jetzt nicht helfen. Sie möchte, daß ich Angelique von ihren Tagträumen ablenke. Es scheint, als habe unser arroganter Nachbar heute den ganzen Nachmittag in Llanphangel Court verbracht, denn Angelique spricht seitdem über nichts anderes mehr.«

»Sie meinen, Angelique hat Zuneigung zu ihm gefaßt?«

Morgana zuckte mit den Achseln. »Lady Isabel hat das angedeutet.«

»Hat Angelique vergangenen Monat für ihren Musiklehrer nicht die gleichen Gefühle empfunden und zwei Wochen vorher für ihren Tanzlehrer?«

Morgana nickte und lachte. »Dieses Mal verhält es sich aber völlig anders. Angelique ist zum ersten Mal einem

Mann von Welt begegnet. Und was noch schlimmer ist, Lord Dana und Edward finden sich sympathisch und wollen die nächsten Wochen oft miteinander verbringen.«

»Dann will dieser Lord Dana also längere Zeit hier auf dem Land bleiben?«

»Es sieht so aus. Lady Isabel erzählte mir, sein Vater habe ihm befohlen, London zu verlassen, weil er in irgendein Duell verwickelt war.«

»Ist sein Gegner tot?«

»Nein, aber das ist nicht der springende Punkt. Lady Isabel möchte nicht, daß Angelique Lord Dana in einem romantischen Licht sieht.«

»Das wird sie nicht tun«, erwiderte Madame Tussaud. »Vielleicht verliert sie für ein paar Tage ihr Herz an ihn, aber mehr ist sicherlich nicht dran. Angelique ist viel zu vernünftig, glauben Sie mir.«

»Ja, sicher, aber ich kann Lady Isabel nur schwer davon überzeugen. Sie möchte unbedingt verhindern, daß Angelique von dem großen, dunkelhaarigen, interessanten Fremden träumt, der auf so überraschende Weise in unserer Mitte aufgetaucht ist.«

»Das wäre ein guter Stoff für eine romantische Geschichte, n'est-ce pas«, sagte Madame Tussaud lächelnd. »Laden Sie Angelique ins Tredegar House ein. Ich werde sie mit meiner Wachsfiguren-Ausstellung ablenken. Außerdem möchte ich, daß sie für mich einige Erläuterungen in ihrer schönen Handschrift schreibt. Dann ist sie für ein paar Tage beschäftigt.«

»Oh, ich vergaß Ihnen zu sagen, daß Mr. Llewellyn morgen Arbeiter herüberschickt, die das Dach reparieren. Er sagt, die Reparaturen werden höchstens eine Woche in Anspruch nehmen.«

»Das ist ja großartig! Dann kann ich meine Flugblätter und Annoncen für die Eröffnung der Ausstellung verschicken, nicht wahr?«

Morgana nickte. Sie strahlte. »Ich kann es kaum erwarten, denn ich habe das wunderbare Gefühl, daß Ihre Ausstellung ein großer Erfolg werden wird und Sie und die Armen von Wales viel Geld bekommen werden.«

Das Abendessen bei Caspers verlief zwanglos. Aber zu Lady Isabels Kummer kreiste das Gespräch meist um Lord Dana. Doch wie Morgana rasch feststellte, war Angelique lediglich von Lord Danas Kleidung, seinen Manieren und seiner Weltgewandheit fasziniert. Und sie legte eine kindliche Neugier an den Tag, was den Grund für seinen Aufenthalt in Wales anbetraf. Ein Duell, das wegen der Ehre einer Dame ausgetragen wurde, hätte sie vielleicht gekränkt. Aber ein Duell zur Verteidigung seiner Freunde gegen einen Mann, der beim Kartenspiel betrog, zeigte, was für ein edler Mensch er war.

Morgana empfand widerwillig Bewunderung für Lord Dana, der sein Leben für seine Freunde aufs Spiel gesetzt hatte. Sie bemerkte Lady Isabels Unbehagen, und deshalb behauptete sie, Lord Danas Charakter habe auch eine dunklere Seite.

»Erzählte er Ihnen, wer sein Vater ist?« fragte Morgana.

Lady Isabel nickte. »Ihr Vormund.«

»Aber du kannst ihm doch für das Betragen seines Vaters keine Schuld geben«, warf Angelique ein. »So darf man den Charakter eines Menschen nicht beurteilen.«

Da Morgana genau dies getan hatte, erwiderte sie nichts darauf, sondern erzählte von ihrer ersten Begegnung mit Lord Dana.

»Seine Arroganz ist grenzenlos«, schloß sie. »Er besaß die Frechheit, mich für ein Dienstmädchen zu halten.«

»Nein!« rief Lady Isabel.

»Das glaube ich dir gern«, antwortete Angelique zum Entsetzen ihrer Mutter. »Nicht, daß du ein Dienstmädchen bist«, fügte sie hastig hinzu. »Aber er kann recht gebieterisch und herrisch sein. Doch zu mir war er sehr freundlich. Er versprach, mich zu Almack's zu begleiten, wenn ich mein Debüt mache. Das würde meiner Einführung in die Gesellschaft die Krone aufsetzen, nicht wahr?«

Morgana lachte. »Ich glaube, du willst Lord Dana als Sprungbrett für eine erfolgreiche Saison benutzen.«

Angelique sah ihre Freundin verschmitzt an. »Edward hat mir versichert, daß so etwas allgemein üblich ist. Jedenfalls ist Lord Dana bereit, mir bei meiner Einführung zur Seite zu stehen, als ich ihm sagte, wie unerfahren ich bin.«

»Angelique, wie konntest du nur so offenherzig sein!« rief Lady Isabel entsetzt. »Dein Verhalten ist ungehörig! Und ich glaubte, du habest Zuneigung zu ihm gefaßt!«

»Du meine Güte, nein, Mama. Er ist viel zu alt für mich und zu ernst. Ich möchte mein Leben in vollen Zügen genießen, bevor ich das geruhsame Eheleben auch nur erwäge.«

Lady Isabel war offensichtlich erleichtert, dies zu hören. »Meine liebe Morgana, ich weiß nicht, was Sie von mir denken müssen, weil ich Sie völlig grundlos vom Tredegar House herüberkommen ließ.«

»Ich hab es gern getan, Lady Isabel. Aber nun mache ich mich am besten auf den Heimweg. Ich muß morgen früh aufstehen und den Arbeitern zeigen, was alles repariert werden muß.«

Sie verließen das Speisezimmer und warteten dann darauf, daß Morganas Kutsche vorfuhr.

»Meinen Sie nicht, daß Sie die Aufsicht über die Arbeiten Mr. Llewellyn überlassen sollten?« fragte Lady Isabel. »Meiner Erfahrung nach nehmen Männer gewöhnlich ungern Anweisungen von Frauen entgegen.«

Morgana lachte. »Ich werde mich auf Lord Dana berufen. Sie werden sich seinen Anweisungen nicht widersetzen.«

»Ich schicke Ihnen trotzdem Edward hinüber. Er wird Sie unterstützen. Auf ihn werden die Männer hören.«

In diesem Augenblick betraten Edward und Lord Dana das Haus. Sie unterhielten sich angeregt, und Morgana sah Lord Dana zum ersten Mal lächeln. Sie war überrascht, welchen Wandel dies in seinem Gesicht bewirkte. Er sah anziehend aus, wenn er nicht die Stirn runzelte.

»Hat jemand meinen Namen genannt?« fragte Edward.

»Ja, Edward. Ich habe Morgana eben deine Dienste angeboten. Könntest du ihr morgen helfen, die Arbeiter anzuweisen, die Mr. Llewellyn ins Tredegar House hinüberschickt? Ich halte es nicht für richtig, wenn Morgana als Vorarbeiter auftritt.«

»Will Mr. Llewellyn nicht dabei sein?« fragte Lord Dana.

Morgana trat ärgerlich vor. »Ich maße mir nicht an, über seine Zeit zu verfügen, Mylord«, sagte sie ärgerlich.

»Das ist keine Anmaßung, Miß Williams. Ich habe Mr. Llewellyn gebeten, die Arbeiten zu beaufsichtigen.«

Morganas Ärger wuchs, aber ehe sie darauf antworten konnte, dankte Lady Isabel Lord Dana an ihrer Stelle. Es war wirklich zu ärgerlich, dachte Morgana. Sie wollte diesem arroganten Mann nicht verpflichtet sein.

Lord Dana warf ihr ein Lächeln zu. »Ich nehme an, Sie haben nichts dagegen einzuwenden, Miß Williams?«

»Nein, nicht das geringste«, erwiderte sie in einem etwas merkwürdigen Tonfall. »Ich freue mich, mit Mr. Llewellyn zusammenzuarbeiten. Er ist sehr freundlich und rücksichtsvoll.«

Lord Dana verbeugte sich leicht. Wieder eine arrogante Geste, dachte Morgana gereizt.

»Wenn Sie mich jetzt bitte entschuldigen wollen, mache ich mich auf den Heimweg. Gute Nacht, Lady Isabel, Angelique, und vielen Dank für das ausgezeichnete Mahl«, sagte Morgana.

»Keine Ursache. Es war uns eine Freude. Wann soll Angelique morgen bei Ihnen vorbeikommen?«

»So früh wie möglich. Madame Tussaud hat eine Menge Arbeit für sie.«

Morgana ließ sich von Edward in ihre Kutsche helfen. Als sie wegfuhr, warf sie einen letzten Blick auf Lord Dana, der auf der obersten Stufe stand und über etwas lachte, das Edward gesagt hatte. Verärgert wandte sie sich ab.

Edward und Lord Dana unterhielten sich noch eine Weile vor dem Haus. Sie hatten einen anregenden Abend in der Dorftaverne The King's Head verbracht, wo das Essen erstaunlich gut gewesen war. Lord Dana war in besonders heiterer Stimmung, und sogar die etwas aufreizende Begegnung mit Morgana hatte seiner guten Laune keinen Abbruch getan. Er fand, daß Edward Casper ein interessanter und unterhaltsamer junger Mann war.

»Ist Miß Williams immer so rasch grundlos beleidigt?«

fragte er. »Als ich sie gestern kennenlernte, erinnerte sie mich an einen Igel. Sehr stachelig.«

Edward sah seinen neuen Freund erstaunt an. »Morgana stachelig? Nein. Sie hat ein friedliches Gemüt. Ehrlich gesagt, Dana, ich weiß nicht, wie sie es fertig bringt, mit ihrer verrückten Tante zusammenzuleben.«

»Mit der exzentrischen grauhaarigen alten Dame?«

»Sie macht Morgana das Leben schwer, das kann ich dir versichern.«

»Dann habe ich die junge Dame offenbar falsch beurteilt«, sagte Lord Dana nachdenklich. »Sie kam mir sehr herrschsüchtig vor.«

»Sie hat nach dem Tod ihres Vaters viel durchgemacht. Eine Zeitlang sah es so aus, als müsse sie Tredegar House verkaufen. Aber dann reagierte dein Vater mit einer vierteljährlichen Zahlung, die es ihr ermöglichte, einigermaßen zurechtzukommen.«

»Ich verstehe langsam, weshalb der Name Badenfield hier nicht besonders geschätzt wird.«

»Niemand macht dich dafür verantwortlich. Ich weiß, daß Mama sich darum bemühen wollte, deinen Vater kennenzulernen, wenn sie in London ist. Sie wollte mit ihm über Morganas Lage sprechen.«

»Wirklich?« Lord Danas Augen funkelten amüsiert. Es wäre eine fantastische Szene gewesen, die gutherzige Dame und der hartherzige Riese, dachte er. »Sie hätte sofort Erfolg gehabt, wenn sie ein Gespräch mit meiner Mutter gesucht hätte«, sagte Lord Dana. »Aber zur Verteidigung meines Vaters muß ich sagen, daß er keine Ahnung von der schrecklichen Verlegenheit hat, in der sich Miß Williams befindet.«

»Das kann ich mir denken.«

»Jedenfalls werde ich Miß Williams morgen noch einmal besuchen und die Dinge ins Lot bringen. Wir haben uns gestern in einer etwas angespannten Atmosphäre getrennt. Ich glaube, ich war nicht besonders freundlich zu ihr.«

Edward legte einen Arm auf Lord Danas Schulter. »Es wäre nicht angenehm, wenn ihr beide nicht gut miteinander auskämt. Wir sehen uns hier auf dem Land sehr oft, ganz zwanglos, weißt du. Wir halten nichts von Förmlichkeiten.«

Lord Dana lachte und fragte sich, ob seinen Freunden aus London diese lockere Atmosphäre wohl gefallen würde. Sir Tony und Sir Larry ganz gewiß, aber Lady Jane könnte es ein wenig provinziell finden. Er versuchte, sich ihr Gesicht zu vergegenwärtigen, aber statt dessen drängte sich ihm Morganas Gesicht auf. Er runzelte die Stirn über dieses Phänomen. Bis zu seiner Ankunft in Wales war er kaum fähig gewesen, Lady Jane aus seinen Gedanken zu verbannen. Nun hatte er in drei Tagen nur zweimal an sie gedacht. Er zuckte mit den Achseln. Wenn er großes Glück hatte, würde sie schon bald bei ihrer Tante eintreffen.

Edward war ein wenig beunruhigt über das lange Schweigen. »Dana, mißfällt dir unsere Zwangslosigkeit?«

Lord Dana schüttelte den Kopf. »Ganz im Gegenteil, alter Junge. Ich genieße jede Sekunde hier, und ich glaube, meinen Freunden wird es genauso gehen, wenn sie hier sind.«

»Freunde aus London?«

Lord Dana nickte.

»Werden sie nicht eine interessantere Unterhaltung erwarten, als wir sie zu bieten haben?«

»Jagen und Fischen wird ihnen gefallen, und wenn dies seinen Reiz verliert, können sie Madame Tussauds Ausstellung besuchen.«

Edward machte ein skeptisches Gesicht. »Große Abendgesellschaften und Spieltische gibt es hier kaum.« Dann hellte sich seine Miene auf. »Eben fällt mir ein, daß Mama Einladungen zu einem Ball verschickt, den sie für Angelique gibt. Ich werde ihr sagen, sie soll auch die Namen deiner Freunde auf ihre Liste setzen.«

»Unbedingt! Das wird für einen sofortigen Erfolg bei Angeliques Debüt in London sorgen. Stelle dir vor, wie neidisch die Matronen sein werden, wenn sie bemerken, daß diese unbekannte Schönheit bereits drei der begehrenswertesten Junggesellen Londons kennt.«

Edward lachte. »Daran habe ich noch nicht gedacht.«

8. Kapitel

Lord Dana stand am nächsten Morgen früh auf und nahm ein zeitiges Frühstück ein. Es war kurz nach acht, als Mr. Llewellyn das Speisezimmer betrat. Ihm fiel sofort auf, daß Lord Dana müde aussah.

»Es scheint, als hätten Sie eine unruhige Nacht verbracht, Sir«, bemerkte er. »Ist die Landluft zu belebend für Sie?«

»Eher die Gesellschaft«, antwortete Lord Dana lachend. »Edward und ich haben fast die ganze Nacht beisammengesessen.«

»Es war also eine interessantere Gesellschaft, als Sie sie in London gewöhnt sind?« fragte Mr. Llewellyn überrascht.

»Anregender, würde ich sagen. Edward weiß über jedes Thema eine ganze Menge zu sagen, ganz gleich, ob es sich um Politik, Gartenkunst, die Familie oder sogar Miß Williams handelt. Ich glaube, ich habe bei meiner ersten Begegnung einen völlig falschen Eindruck von ihr gewonnen. Edward ist der Meinung, daß ich sie sehr gekränkt habe.«

Mr. Llewellyn sah Lord Dana nachdenklich an. Er dachte an das Gespräch, das er am vergangenen Tag mit Morgana geführt hatte. »Darf ich offen zu Ihnen sprechen, Mylord? Ich glaube, Sie beide waren in Ihrem Urteil übereinander zu voreilig. Morgana ist eine bemerkenswerte junge Frau, Sir. Sie widmet sich der Hilfe für die Waisen und Armen in dieser Gegend. Und sie ist glücklich darüber, daß sie die Einnahmen von der Wachsfiguren-Ausstellung nun nicht mehr für die Instandsetzung von Tredegar House verwenden muß. Sie will diese Gelder für wohltätige Zwecke verwenden.«

»Sehr bemerkenswert, Mr. Llewellyn. Die meisten Frauen meiner Bekanntschaft würden das Geld für Flitterkram ausgeben.« Lord Dana dachte dabei an Lady Jane. Er hatte viel Geld für ihre Garderobe und ihr Heim ausgegeben. Zwischen diesen beiden Frauen bestand wirklich ein bemerkenswerter Unterschied.

»Morgana hat mich gebeten, Vorschläge zu machen, wie man das Tredegar House in ein Waisenhaus verwandeln könnte.«

»In ein Waisenhaus? Wozu, um alles in der Welt?«

»Damit elternlose Kinder nicht mehr ins Arbeitshaus müssen.«

»Gibt es hier viele Waisenkinder?« fragte Lord Dana interessiert.

»Ja, in der Tat, Mylord. Die Gruben fordern einen schrecklichen Tribut an Männern, und viele Frauen sterben im Kindbett. Es ist erschreckend.«

»Und es ist noch erschreckender, wenn man erkennt, daß mit jeder Reform erst nach Jahren etwas Greifbares zu erreichen ist«, antwortete Lord Dana. »Miß Williams ist ihrer Zeit weit voraus. Ich schätze sie deswegen. Warum hat sie nicht mit mir über ihre Pläne gesprochen? Ich würde ihr gern Land, Geld und was immer sie braucht, zur Verfügung stellen.« Er sprach aufrichtig, denn er war von Morganas Ideen beeindruckt. Tredegar House würde sich wirklich gut als Waisenhaus eignen.

»Morgana würde von einem Fremden niemals Hilfe annehmen, Mylord«, sagte Mr. Llewellyn.

»Wie viele Jahre muß ich Miß Williams grüßen, ehe ich sagen kann, daß ich ein alter Bekannter von ihr bin?« fragte Lord Dana lachend.

Mr. Llewellyn hustete verlegen. »Ich wollte Sie nicht kränken, Mylord.«

»Ich bin nicht gekränkt, Mr. Llewellyn. Ich habe nur einen Scherz gemacht. Aber wenn ich Sie richtig verstehe, glauben Sie, Miß Williams würde meine Hilfe annehmen, wenn wir beide uns besser verstehen würden.«

»Ich will damit nur sagen, daß sie beide aus unerfindlichen Gründen eine Abneigung gegeneinander haben.«

Lord Dana lachte. »Ich gestehe mein Unrecht ein, Mr. Llewellyn. Sie werden gern hören, daß ich bereits beschlossen habe, einiges wiedergutzumachen. Denn wenn ich die nächsten Monate hier verbringen muß, wäre es unerfreulich, mit meiner unmittelbaren Nachbarin entzweit zu sein. Ich habe für den heutigen Tag Ihre Dienste im Tredegar House angekündigt. Bitte beaufsichtigen Sie dort die Arbeiten. Ich selbst reite nach dem Mittagessen hinüber. Miß Williams wird hoffentlich zu Hause sein. Ich möchte ihr mein Bedauern ausdrücken.«

»Um Himmels willen, Sir, ich wollte Sie nicht kritisieren. Es ist nur einfach so, daß ich manchmal rede, bevor ich nachdenke.«

»Ein Fehler der meisten Menschen, Mr. Llewellyn. Ich verstehe Ihr Dilemma sehr gut. Wenn mein Freund Sir Tony hier wäre, würde er mir das gleiche sagen. Sie machen sich jetzt am besten auf den Weg, ehe Miß Williams Sie beschuldigt, unpünktlich zu sein«, fügte er lächelnd hinzu. »Bis später.«

Lord Dana sollte an diesem Morgen nicht sehr viel erreichen. Kaum hatte er das Frühstück beendet, brachte ihm der Butler einen in kunstvoller Prägeschrift ausgeführten Briefumschlag.

»Er ist eben vom Tredegar House herübergebracht worden, Mylord. Der Kutscher der Französin wartet auf eine Antwort.«

Lord Dana betrachtete einen Augenblick die Handschrift. Sie war zart und typisch französisch. Er ging in sein Arbeitszimmer und suchte nach einem Brieföffner. Gespannt öffnete er den Umschlag und zog den Brief heraus.

My Lord, Euer Gnaden,
es ist meine Absicht, Miß Williams zu überraschen. Ich möchte für meine Ausstellung in zehn Tagen Wachsfiguren von allen angesehenen Leuten der Nachbarschaft anfertigen. Bis zu Ihrer Ankunft war ich der Meinung, ich hätte meine Aufgabe bereits erfüllt. Jetzt weiß ich, daß ich noch eine weitere Figur hinzufügen muß. Daher wäre ich Ihnen dankbar, wenn Sie mich heute um die Mittagszeit aufsuchen würden. Der Grund meiner Eile wird Ihnen klar sein, denn wenn ich nicht sofort mit der Arbeit beginne, werde ich nicht rechtzeitig bis zur Eröffnung fertig.
Ihre bescheidene Dienerin.

Lord Dana brach in Gelächter aus. Was für eine seltsame Bitte.

»Ich wüßte gern, was sie mit den Figuren vorhat«, murmelte er.

Der Butler hustete respektvoll. »Mylord?« fragte er.

»O Simms, ich hatte ganz vergessen, daß Sie auf eine Antwort warten. Sagen Sie dem Kutscher, ich werde um die Mittagszeit im Tredegar House sein. Ich fürchte, wenn ich ablehne, erfahre ich nie, was Madame Tussaud mit mir vorgehabt hätte.«

Simms warf seinem Herrn einen erstaunten Blick zu. »Sehr wohl, Mylord. Ich werde es dem Kutscher ausrichten.« Er zog sich kopfschüttelnd zurück. Man wußte nie, was man von diesen merkwürdigen Engländern halten sollte. Ständig machten sie Bemerkungen, aus denen man nicht klug wurde.

Eine Stunde später schüttelte Simms erneut mißbilligend den Kopf, als er Lord Dana mitteilte, es sei Besuch eingetroffen. »Sir Larry Field möchte wissen, ob Sie zu Hause sind, Mylord. Um ihn zu beruhigen, nahm ich mir die Freiheit und sagte ihm, Sie seien zu Hause. Er war sehr erleichtert, dies zu hören.«

»Dann führen Sie ihn sofort zu mir herein, Simms«, antwortete Lord Dana, der in diesem Augenblick seine Verpflichtung im Tredegar House sehr lästig fand.

Als Sir Larry das Arbeitszimmer betrat, begrüßten die beiden Männer einander herzlich.

»Ich nehme an, daß eine sehr ernste Angelegenheit die Ursache deiner Flucht aus London ist«, bemerkte Lord Dana. »Sage ja nicht, du bist gekommen, weil du dein ganzes Geld beim Kartenspiel verloren hast.«

»Meine Güte, nein, Dana! Weshalb sollte ich deswegen zu dir kommen? Ein solches Unheil würde eine Reise zu meinem Vater notwendig machen. Nein, alter Junge, ich überbringe dir gute Nachricht – nein, gute Gesellschaft. Ich habe an deiner Stelle den Reisebegleiter gespielt.«

»Worüber sprichst du, Larry?«

»Nach wessen Gesellschaft hast du dich gesehnt, seitdem du London verlassen hast?«

»Gewiß nicht nach der deinen, Larry«, erwiderte Lord Dana, »obwohl ich mich natürlich freue, wenn du ein wenig hier bei mir bleiben könntest. Ich erwarte täglich Tony.«

»Eine gewisse Dame...«, sagte Larry eindringlich und grinste.

»Jane! Guter Gott! Mann, warum hast du das nicht gleich gesagt! Wo ist Jane? Sage nicht, sie ist direkt zu ihrer Tante gefahren.«

»Ich sage überhaupt nichts, bis du aufhörst, mir Fragen zu stellen. Jane ist im King's Head – nein, nein, durchbohre mich nicht mit Blicken. Es ging alles korrekt zu. Ich habe sie in einem Privatzimmer untergebracht. Ich hielt es nicht für angebracht, sie hierherzubringen. Dies ist schließlich das Haus eines Junggesellen, nicht wahr?«

Lord Dana schenkte den Worten seines Freundes keine große Beachtung mehr. Alle seine Gedanken waren jetzt bei Lady Jane. Aber er hatte keine Zeit, sie noch vor seiner Verabredung mit Madame Tussaud zu treffen. Er verwünschte sein Schicksal. »Verdammt!« rief er laut.

Sir Larry sah ihn von der Seite an. »Sage ja nicht, es sei falsch gewesen, Jane hierherzubringen.«

Lord Dana schüttelte den Kopf. »Weit davon entfernt, Larry. Ich fluche, weil ich um die Mittagszeit schon verabredet bin und Jane erst am Nachmittag wiedersehen kann.«

Sir Larry sah seinen Freund erstaunt an. So sprach kein verliebter Verehrer. Was für eine Verabredung war so wichtig, daß er sie nicht absagen und seine Geliebte wiedersehen konnte? Lady Jane würde wütend sein, wenn sie feststellte, daß Lord Dana nicht sofort nach ihrer Ankunft in Wales zu ihr eilte.

»Larry, alter Junge, würde es dir sehr viel ausmachen, Jane mein tiefstes Bedauern auszudrücken? Sage ihr, ich komme zu ihr, sobald ich kann.«

Sir Larry versuchte abzulehnen. Das letzte, was er erleben wollte, war ein weiterer Zornausbruch von Lady Jane. Er schob diese Versuchung jedoch beiseite und nickte. »Natürlich, Dana. Wo immer ich helfen kann, bin ich zur Stelle. Sie soll sich inzwischen ausruhen und etwas frisch machen. Wir sind schließlich drei Tage lang ununterbrochen gereist.«

»Wozu um alles in der Welt diese Eile?« fragte Lord Dana erstaunt. »Bist du so scharf darauf, nach London zurückzukehren?«

»Überhaupt nicht. Jane war diejenige, die gedrängt hat. Offenbar konnte sie es kaum erwarten, dich wiederzusehen.«

»Und ich war immer der Meinung, London böte ihr alle Vergnügungen, die sie braucht«, murmelte Lord Dana. »Hat sie dort so wenig Gesellschaft, daß sie einen längeren Aufenthalt in Wales vorzieht?«

Sir Larry zuckte die Achseln. »Keine Ahnung!« Er hielt kurz inne. »Hör zu, Dana, es ist am besten, ich sage dir die Wahrheit. Es heißt, Jane sitzt tief in der Tinte. Sie mußte vor ihren Gläubigern fliehen.«

»Das sind Gerüchte, Larry, alles nur Gerüchte. Ich persönlich höre nicht darauf. Und ich bitte dich, es ebenfalls nicht zu tun.«

Lord Dana war plötzlich kühl und distanziert, und Sir Larry wurde klar, daß er seinen Freund gekränkt hatte.

»Rege dich nicht auf, Dana. Aber sei nicht blind für Janes Mängel. Ich beurteile einen Menschen nach dem, was ich sehe, und offen gestanden, die letzten drei Tage waren nicht besonders angenehm. Jane benimmt sich wie eine dumme Gans, wenn sie ihren Willen nicht durchsetzen kann. In einem hast du recht, es war falsch von mir, die Gerüchte zu erwähnen. Ich hätte meine Bemerkungen auf das beschränken sollen, was ich definitiv weiß. Bitte entschuldige.«

Lord Danas Mißstimmung verflog angesichts dieser umfassenden Entschuldigung.

»Ich sollte es lernen, höflich zu bleiben, besonders gegenüber meinen Freunden«, sagte Lord Dana. »Es tut mir leid, daß Jane so unbeherrscht war. Ich weiß, sie haßt das Reisen, und der bloße Gedanke an eine lange Fahrt läßt sie in Trübsinn verfallen.«

Sir Larry nahm diesen Olivenzweig entgegen und stimmte Lord Danas Erklärungen über Lady Janes Verhalten zu. »Das entschuldigt alles«, sagte er. »Meine Mutter ist genauso.«

»Hast du vor, längere Zeit hier zu bleiben, Larry? Wie ich schon erwähnt habe, ich erwarte Tony täglich.«

»Natürlich, alter Junge. Ich bleibe gern eine Weile auf dem Land.« In Wahrheit hatte er sich in London nicht mehr wohlgefühlt, seitdem seine Freunde abgereist waren. »Danke für die Einladung. Ich berichte jetzt Jane, daß sie dich um ungefähr zwei Uhr erwarten kann.«

Lord Dana war nachdenklich, als Sir Larry ihn verlassen hatte. Obwohl er Jane in Schutz genommen hatte, war er abgestoßen davon, daß sie seine Freunde ihren Wutausbrüchen aussetzte. Er hatte mehrere davon miterlebt, aber es war ihm immer gelungen, sie zu beruhigen und in gute Laune zu versetzen. Ein teures Schmuckstück brachte das gewöhnlich zuwege. Sie war schließlich eine leidenschaftliche Frau, und leidenschaftliche Frauen waren seiner Erfahrung nach immer temperamentvoll. Er schob das Gefühl des Unbehagens beiseite und sagte zu Simms, er solle die Kutsche bestellen. Je eher er den Besuch bei Madame Tussaud hinter sich brachte, um so eher würde er Jane wiedersehen.

Morgana und Angelique hatten die Aufgabe, die historischen Biographien und die Geschichte der Bastille aufzuschreiben, lange vor dem Mittagessen hinter sich gebracht. Sie spazierten jetzt durch die Blumengärten, die Morganas Tante pflegte. Morgana hatte vor, ein gemischtes Beet von ganzjährigen Pflanzen auf dem Weg zum Tredegar House anzulegen, in dem sich das Muster der Tapete im großen Salon wiederholen solle.

»Ich las darüber in einem Katalog«, sagte sie. »Man nennt es Teppichbeete. Wir könnten die verschiedenen Rosatöne der Tapete wiederholen, findest du nicht, Angelique?«

Angelique lachte. »Morgana, du fragst die falsche Person. Das wenige, was ich über Gartenarbeit weiß, könnte man an drei Fingern abzählen. Mama und Edward sind bessere Ratgeber. Sie lieben die Gartenarbeit.«

Morgana erspähte aus den Augenwinklen Mr. Llewellyn.

»Ich glaube, hier kommt der Mann, den ich jetzt brauche. Mr. Llewellyns Kenntnisse sind beeindruckend, Angelique. Er kann mir sicherlich helfen!«

»Während du dich mit ihm unterhältst, Morgana, gehe ich zu Madame Tussaud und fragte sie, ob sie noch Hilfe braucht.«

Angelique ging graziös den Backsteinweg hinauf. Sie ist

wirklich ein schönes Mädchen, dachte Morgana, und sie wird nach ihrer Saison in London zweifellos eine glänzende Verbindung eingehen.

Morgana seufzte. Nicht, daß sie sich danach gesehnt hätte, ihr Debüt zu machen, aber sie wünschte, sie hätte Zeit, sich ein wenig zu vergnügen. Die Vorstellung, mit der gleichen Freiheit reisen zu können, die Madame Tussaud genoß, war verlockend. Aber die Vorstellung, dies allein zu tun, war deprimierend.

Morgana seufzte wieder. Ihr Schicksal hatte sich an dem Tag entschieden, an dem ihr Vater gestorben war, und sie mußte sich ein für allemal damit abfinden. Sie war an Tredegar House gebunden, an ihr altes Kindermädchen und Tante Matty. Noch so viele Tagträume änderten nichts an der Tatsache.

Wenig später war Morgana mit Mr. Llewellyn ins Gespräch vertieft, als Lord Dana eintraf.

»Erst neulich las ich einen Artikel darüber, daß der heutige Gärtner die Samen lieber von einem angesehenen Händler kommen läßt, statt sie in seinem eigenen Garten zu ziehen. Das klingt vernünftig, Miß Williams, denn als Laie kennt man nicht die richtige Mischung aus Lehm und vermodertem Laub für die Setzlinge.«

»Und wer außer einem erfahrenen Samenhändler kennt die Gefahr des Pilzbefalls für die Setzlinge?«

Morgana drehte sich hastig um, als sie Lord Danas Stimme hörte. »Sie hier!« rief sie unwillkürlich, und dann entschuldigte sie sich, weil sie so unhöflich gewesen war. »Sie haben mich erschreckt.«

Lord Dana machte eine elegante Verbeugung. »Entschuldigen Sie bitte, ich wollte Ihnen keinen Schrecken einjagen.«

Er lächelte, und Morgana hatte den Eindruck, daß er sich große Mühe gab, freundlich zu sein.

»In Mr. Llewellyns Gegenwart komme ich mir immer so schrecklich unwissend vor«, erklärte sie. »Er sagte mir gerade, daß ich der Belüftung große Aufmerksamkeit schenken soll, wenn ich Ableger machen möchte...«

»... und wenn alles andere nichts hilft, Sie den Kompost mit kupferhaltigen Fungiziden tränken müssen«, schloß Lord Dana für sie.

Morgana nickte und lachte dabei.

»Ich weiß«, sagte Lord Dana mitfühlend. »Ich erhalte die gleichen Lektionen von Mr. Llewellyn.«

»O Mylord, das ist nicht wahr!« protestierte Mr. Llewellyn. »Es war Ihre Idee, das bain-marie Prinzip anzuwenden, und Sie wissen, wie erfolgreich es war.«

Morgana warf in gespieltem Entsetzen die Arme hoch. »Ich habe keine Ahnung, wovon Sie sprechen.«

Aus unerklärlichen Gründen fühlte sie sich plötzlich in Lord Danas Gegenwart wohl und freute sich darüber, als er über ihre Bemerkung lachte.

»Mr. Llewellyn bringt es immer wieder fertig, mich für seine seltsamen Ideen zu begeistern«, sagte Lord Dana.

»Sind Sie gekommen, um mich zu besuchen oder um Mr. Llewellyn und seine Arbeiter zu kontrollieren?« fragte Morgana schelmisch.

»Sie glauben doch nicht etwa, daß ich es wagen würde, Mr. Llewellyns Arbeit zu kontrollieren, oder? In diesem Fall würde er mich sofort verlassen und sich bei einem verständnisvolleren Herrn Arbeit suchen.«

»Glauben Sie Seiner Lordschaft kein Wort, Miß Williams«, warf Mr. Llewellyn lächelnd ein. »Er gewährt mir alle Freiheit der Welt, und ich kann auf seinem Land nach

Lust und Laune experimentieren. Ich wünsche mir keinen anderen Arbeitsplatz.«

Der ungezwungene Umgangston zwischen Lord Dana und seinem Verwalter überraschte Morgana. Sie erinnerte sich an ihr früheres Gespräch mit Mr. Llewellyn über Lord Dana und fragte sich, ob sie in ihrem Urteil über ihn vielleicht zu voreilig gewesen war. Nur sehr wenige Männer in Mr. Llewellyns Position hätten es gewagt, so kameradschaftlich mit ihrem Herrn umzugehen.

Lord Dana sah Morgana prüfend an und fand, daß sie sich zu ihrem Vorteil verändert hatte. Sie war beinahe hübsch, wenn sie lachte, dachte er überrascht.

»Eigentlich kam ich auf die Bitte von Madame Tussaud herüber«, sagte Lord Dana. »Können Sie mir sagen, wo ich sie finde?«

Morgana war überrascht. Was um alles in der Welt wollte Madame Tussaud von Lord Dana? Aber ihre guten Manieren verboten es ihr, danach zu fragen. Sie deutete schweigend auf das Herrenhaus.

»Was sagen Sie nun, Miß Williams?« fragte Mr. Llewellyn selbstzufrieden, als Lord Dana außer Hörweite war. »Ich sagte Ihnen ja, daß er ein sehr liebenswürdiger Mann ist.«

Morgana lächelte. »Sie haben wahrscheinlich recht, Mr. Llewellyn. Aber da ich nicht den Wunsch habe, die verborgenen Tiefen zu ergründen, nehme ich Ihr Wort dafür. Obwohl ich zugebe, daß er recht unterhaltsam sein kann, wenn er will.«

Mr. Llewellyn hörte dies gern, und er war klug genug, das Thema zu wechseln. Er war beeindruckt von Lord Danas Bemühung, freundlich zu sein. »Ich glaube, ich werde die nächsten paar Monate sehr genießen«, sagte er.

Morgana hörte ihn nicht, da sie sich umgedreht hatte, als sie Angelique auf sich zukommen sah.

Angeliques Miene war erregt. Einen Augenblick lang war Morgana besorgt, daß dies Lord Danas Ankunft zuzuschreiben sein könnte. Aber diese Sorge wurde zerstreut, als Angelique über Madame Tussauds Ausstellung zu sprechen begann.

»Ich verließ Madame Tussaud, als Lord Dana eintraf, damit er die Ausstellung in Ruhe ansehen kann.«

Ein Mädchen, das darum bemüht war, die Aufmerksamkeit eines Mannes auf sich zu lenken, hätte jede Ausrede benutzt, um mit ihm gemeinsam die Ausstellung zu besichtigen, überlegte Morgana. Angelique hatte offensichtlich kein ernsthaftes Interesse an Lord Dana.

»Hat Madame Tussaud erwähnt, warum sie Lord Dana gebeten hat, sie zu besuchen?«

Angelique zögerte. Die Frage kam für sie unerwartet. Sie schüttelte den Kopf. »Wahrscheinlich sagte ihm Edward, er soll sich die Ausstellung ansehen«, erklärte sie betont gleichgültig.

Morgana sah sie argwöhnisch an. Irgend etwas an der Antwort kam ihr merkwürdig vor. Doch dann zuckte sie mit den Achseln. Angelique würde sie nicht anlügen.

Nach dem Essen kam Edward vorbei. Er bestand darauf, daß sie zu dritt ins Dorf gingen. »Ein fliegender Händler ist da und verkauft seine Ware. Ich schwöre euch, er hat die größte Kollektion an Bändern und Schleifen, die ich seit langem gesehen habe.«

Morgana wollte ablehnen, aber Angelique schob ihre Entschuldigung beiseite.

»Komm mit, Morgana. Es wird dir guttun, wenn du dich ein wenig vergnügst. Erinnerst du dich noch an den

Elfenbeinfächer, den ich beim letzten Händler gekauft habe, der ins Dorf kam? Und weißt du noch, wie leid es dir getan hat, daß du dir nicht auch einen Fächer gekauft hast?«

Morgana nickte. »Ich weiß noch, wie neidisch ich war«, sagte sie lachend. »Es war ein schöner Fächer. Wenn ich mich recht erinnere, zerbrach er, als du ihn das erste Mal benutzt hast.«

»Das war meine Schuld. Bitte sage, daß du mitkommst.«

»Ich komme mit. Ist es recht so?«

Angelique klatschte begeistert in die Hände. »Es macht doppelt soviel Spaß, wenn du dabei bist. Vielleicht können wir mit Edward im King's Head zum Tee einkehren.«

»Es wird mir ein Vergnügen sein, den Nachmittag im Dorf in der Gesellschaft zweier so attraktiver Damen zu verbringen«, erwiderte Edward. »Gehen wir.«

9. Kapitel

Es war bereits ziemlich spät, als Madame Tussaud die Maske von Lord Danas Gesicht abnahm. Er war von ihrer Arbeit fasziniert. Zuerst hatte sie sein Gesicht eingeölt, dann Strohhalme in seine Nasenlöcher gesteckt, damit er atmen konnte, während sie sein Gesicht mit einer Wachsmischung bedeckte. Die ganze Zeit über erzählte sie ihm Geschichten, von denen ihm eine noch durch den Kopf ging, als er zum King's Head fuhr.

Eine der Berühmtheiten, der sie eine Maske abgenommen hatte, war ein Dr. Solomon gewesen. Er war durch den Verkauf seines Gilead-Balsams Millionär geworden. Dabei handelte es sich um eine Medizin, die er als Allheilmittel anpries, besonders für Menschen, die in warme, östliche Klimazonen reisten.

Madame Tussaud hatte ihre üblichen Vorbereitungen getroffen, aber vergessen, Dr. Solomon die Strohhalme in die Nasenlöcher zu stecken. Infolgedessen drohte Dr. Solomon zu ersticken. Als Madame Tussaud ihr Versäumnis bemerkte, riß sie ihm die Maske vom Gesicht und belebte ihn wieder. Die Geschichte ging glücklich aus, denn der Doktor erlaubte Madame Tussaud, mit ihrer Arbeit fortzufahren, da er unbedingt in den Reihen der berühmten Persönlichkeiten stehen wollte.

Lord Dana sagte sich, daß nicht viele Menschen eine so schreckliche Geschichte über sich selbst erzählen würden. Er schätzte Madame Tussauds Aufrichtigkeit und war deshalb auch völlig entspannt gewesen, als sie sein Gesicht mit Wachs bedeckte. Was hatte er in so kurzer Zeit nicht alles erfahren. Er bedauerte es, daß seine Mutter nicht hier war, und diese Französin kennenlernte. Sie wäre von einigen Techniken fasziniert gewesen, die Madame Tussaud anwandte.

Die Begierde, Lady Jane so rasch wie möglich wiederzusehen, war verflogen, und erschrocken stellte er fest, daß er sich zu seiner Verabredung mit ihr um eine Stunde verspätet hatte. Er trieb seine Pferde an, aber seine Gedanken waren noch bei Madame Tussaud und der Überraschung, die sie für Morgana vorbereitete.

Er hatte versprochen, über die Wachsfiguren zu schweigen, die Madame Tussaud von den angesehenen Persönlichkeiten der Umgebung hergestellt hatte.

»Ich möchte Morgana am Eröffnungstag der Ausstellung damit überraschen«, hatte Madame Tussaud erklärt. »Edward und Angelique werden mir helfen, die Figuren im Garten aufzustellen. Morgana wird glauben, es seien wirklich ihre Freunde, und ich möchte ihr Gesicht sehen, wenn sie erkennt, daß es nur Wachsfiguren sind. Ist die Idee nicht amüsant?«

»Ja, Madame Tussaud, und ich glaube, auch Miß Williams wird sie amüsant finden. Aber was wollen Sie mit den Figuren anfangen, wenn Ihre Ausstellung hier beendet ist? Ich kann mir nicht vorstellen, daß sich außerhalb von Newport irgend jemand dafür interessiert«, sagte Lord Dana.

»Ich lasse sie Morgana hier für die Waisenkinder. Sie werden ihren Spaß damit haben, glauben Sie nicht?«

»Ist Miß Williams wirklich fest entschlossen, hier ein Waisenhaus zu eröffnen?« fragte er.

Madame Tussaud hielt eine Hand vor den Mund. »Du

meine Güte, das hätte ich nicht verraten dürfen. Morgana möchte nicht, daß zu viele Leute von ihren Plänen etwas erfahren. Sie fürchtet, man könnte etwas gegen ihre Idee haben und sie an ihrem Vorhaben hindern.«

»Von mir braucht sie nichts zu befürchten, Madame Tussaud. Mr. Llewellyn erzählte mir schon von Miß Williams' Plänen. Ich werde ihr nichts in den Weg legen.«

»Kann sie auch mit Ihrer Unterstützung rechnen, Mylord?« fragte Madame Tussaud gespannt.

Er hatte diese Frage nicht beantwortet. Nach gründlichem Nachdenken beschloß er nun, seiner Mutter zu schreiben und sie über die Situation im Tredegar House zu unterrichten. Seine Mutter half immer gern, wenn es um wohltätige Zwecke ging, und Morganas Waisenhaus war genau das, wofür sich seine Mutter einsetzen würde.

Lady Jane war keineswegs erfreut, als Sir Larry allein zurückkam.

»Ich habe dir doch gesagt, du sollst nicht ohne Dana wiederkommen«, fauchte sie ihn an. »Was denkt er sich eigentlich? Wie lange soll ich noch allein in dieser gottverlassenen Gegend herumsitzen?«

»Jane, du kannst nicht erwarten, daß sich alles nur um dich dreht. Dana hat es sehr bedauert, daß er nicht sofort zu dir eilen konnte. Er hatte sich schon für eine andere Verabredung verspätet. Er hat versprochen, um zwei Uhr hier bei dir zu sein.«

»Wie kann er es wagen, mich so zu behandeln! Ich habe gute Lust und fahre sofort zu Tante Amy!«

Das wirst du nicht tun, dachte Larry, nicht, wenn du so dringend Geld brauchst.

Lady Jane schimpfte weiter und bemerkte nicht, daß Sir

Larry ihr nicht mehr zuhörte. Es war merkwürdig, noch vor einer Stunde hatte er geglaubt, er könne keinen ihrer Wutausbrüche mehr ertragen. Aber jetzt machte es ihm nichts aus.

»Mach was du willst, Jane«, sagte er und unterbrach ungeduldig ihren Monolog. »Ich habe Hunger und werde jetzt zu Mittag essen. Willst du mir Gesellschaft leisten?«

Lady Jane hielt mitten im Satz inne. Sie war verblüfft über Larrys Haltung. »Du rücksichtsloser, gefühlloser Schuft! Wie kannst du so ruhig bleiben, wenn man mich in einem fremden Land verlassen hast!«

»Verlassen?« fragte Sir Larry. »Du weißt, daß das nicht wahr ist. Sei nicht hysterisch! Dana will um zwei Uhr hier sein. Du hast inzwischen genügend Zeit, dich frisch zu machen, umzuziehen und eine Mahlzeit zu dir zu nehmen. Ich gebe nicht gern unerbetene Ratschläge, aber dieses Mal mache ich eine Ausnahme. Wenn du Dana in deiner jetzigen Stimmung empfängst, könnte er dich sehr wohl verlassen. Ich schlage deshalb vor, daß du dich beherrschst.«

Lady Jane starrte ihn ungläubig an. Hier sprach nicht der Larry, den sie kannte. Und doch mußte sie zugeben, daß er recht hatte. Es wäre nicht vorteilhaft für sie, wenn Dana sie in den staubigen Kleidern sah. Sie mußte so gut wie möglich aussehen.

Sie nahm ihren Reisemantel über den Arm und rauschte zur Tür. »Ich brauche kein Mittagessen, vielen Dank«, sagte sie hochmütig. »Vielleicht komme ich später zum Dessert zu dir herunter.«

Als sie zwei Stunden später wieder auftauchte, war Sir Larry verblüfft über den Wandel. Sie sah einfach hinreißend aus. Sie trug ein schlichtes blaues Kleid aus weichem

Stoff und einen dazu passenden Hut mit einem blauen Schleier. Auf ihrem Gesicht lag ein starres Lächeln, als sie ihm gegenüber Platz nahm.

»Dana muß jeden Augenblick eintreffen«, bemerkte sie, als sie eine Nachspeise aus Zuckergebäck einer Inspektion unterzog. »Du läßt uns doch sicher allein?«

Sie biß in eine kandierte Pflaume und kaute sie geziert. Sir Larry saß wie angewurzelt da. Sie ist wie eine Hexe, dachte er. In einer Minute benimmt sie sich wie eine zänkische Vettel, und in der nächsten bezirzt sie einen mit ihrer Schönheit und ihrem Charme.

»Ich verlasse dich schon jetzt, wenn es dir recht ist«, bot er ihr an. »Ich würde ganz gern ein wenig von der Gegend hier sehen. Ich glaube, im Dorf wird ein Hahnenkampf vorbereitet. Wenn du mich entschuldigst, mache ich mich auf den Weg.« Er verließ rasch das Zimmer, falls sie es sich anders überlegen sollte.

Lady Jane saß eine Weile da und stellte sich im Geist das Wiedersehen mit Lord Dana vor. Vielleicht würde sich ihre Verbindung dauerhafter gestalten, wenn ihre anfängliche Sehnsucht gestillt war. Was immer auch geschah, sie hatte nicht viel Zeit, denn sobald die Kaufleute herausfanden, wo sie sich aufhielt, würden sie ihr zweifellos folgen.

Es war lange nach zwei Uhr. Sie unterdrückte eine plötzliche Aufwallung von Zorn und überlegte dann, ob sie einen Spaziergang machen sollte. Es würde Lord Dana recht geschehen, wenn er ankam und sie nicht da war, um ihn zu begrüßen.

Glücklicherweise lag King's Head am Dorfrand, so daß niemand sah, wie sie ohne Begleitung das Gasthaus verließ. Sie schlenderte den Weg hinab, ließ das Dorf hinter sich und warf keinen Blick auf die üppigen grünen Felder, die sie umgaben, Plötzlich empfand sie Heimweh nach dem Lärm, dem Getriebe und Schmutz von London.

»Hoffentlich ist dies das letzte Mal, daß ich mich in dieser gottverlassenen Gegend aufhalten muß«, murmelte sie ärgerlich.

Ein Zauntritt unten an der Straße sah einladend aus, und sie setzte sich eine Weile darauf, während sie über ihr unglückliches Schicksal nachdachte.

Das Geräusch einer näherkommenden Kutsche ließ sie aufhorchen, und da sie dachte, es könnte vielleicht Lord Dana sein, sprang sie herunter, um ihn zu überraschen. Sie stolperte über einen Zweig und riß sich den Saum ihres Kleides auf.

»Verdammt!« murmelte sie wütend. »So kann ich mich nicht vor Dana sehen lassen!«

Leider konnte sie sich nirgends verstecken. Deshalb kam sie auf die Idee, einen verstauchten Knöchel vorzutäuschen. Sie setzte sich ins Gras und umklammerte ihren spärlich bekleideten Fuß.

Das tat sie gerade rechtzeitig, denn nun bog eine Kutsche um die Kurve. Lady Jane winkte theatralisch mit dem Arm und hielt dann inne, da sie sich plötzlich sehr töricht vorkam, denn es war nicht Lord Danas Kutsche, sondern ein altmodischer Landauer.

Sie stand rasch auf und lächelte den gutaussehenden jungen Mann gewinnend an, der sich darauf konzentrierte, sein Gefährt zum Stehen zu bringen. Er mußte ungefähr in Lord Danas Alter sein, aber seine Kleidung war ebenso unmodern wie sein Fahrzeug. Zwei Frauen saßen neben ihm. Lady Jane schenkte ihnen kaum Beachtung.

»Ma'am, sind Sie in Schwierigkeiten? Kann ich Ihnen

helfen?« Seine Stimme klang melodiös, was Lady Jane überaus angenehm fand.

»Sie sind willkommener als ein Ritter in einer schimmernden Rüstung, Sir«, erwiderte sie verführerisch. »Ich bin ausgerutscht und habe mir den Saum meines Kleides aufgerissen. Wäre es zu vermessen von mir, wenn ich Sie darum bitte, mich zum King's Head mitzunehmen?«

»Keineswegs! Warten Sie kurz, ich helfe Ihnen!«

Der junge Mann gab die Zügel einer der Frauen, ehe er von dem Landauer sprang. »Ich bin übrigens Edward Casper. Meine Schwester Angelique und eine Freundin von uns, Morgana Williams.«

Lady Jane nickte majestätisch mit dem Kopf. Das Lächeln sparte sie für Edward auf. »Sie sind zu freundlich, Mr. Casper. Ich bin Jane Weesner, Lady Jane Weesner.« Sie streckte Edward die Hand hin, und er führte sie sanft an seine Lippen.

Morgana beobachtete verblüfft dieses Schauspiel. Es fiel ihr schwer, ein Lächeln zu unterdrücken. Noch nie zuvor hatte sie gesehen, daß Edward sich so merkwürdig benahm. Es war so, als wäre er von einem seltsamen Bazillus befallen worden.

»Erlauben Sie mir zu sagen, was für ein Vergnügen es für mich ist, Sie kennenzulernen, Lady Jane. Darf ich Ihnen in den Landauer helfen? Wir bringen Sie im Nu zum King's Head.«

Morgana und Angelique rückten beiseite, um Lady Jane Platz zu machen, und sie setzte sich zwischen sie.

»Ein schöner Tag heute, finden Sie nicht?« sagte Angelique. Sie war beeindruckt von Lady Janes Schönheit und Weltgewandtheit.

»Ich schenke dem Wetter keine große Beachtung«, erwiderte Lady Jane. »Ich hasse es, zu Fuß zu gehen und nehme gewöhnlich meine Kutsche, wenn ich ausgehe.«

»Heute muß die Ausnahme sein«, sagte Morgana mit gespielter Freundlichkeit.

»Ganz recht.«

»Dann leben Sie also nicht gerne auf dem Land?« fuhr Morgana fort. Aus einem unerklärlichen Grund mochte sie diese Frau nicht und sah keinen Anlaß, besonders freundlich zu ihr zu sein.

»Guter Gott, nein! Ich lebe in London. Ich bin hier nur zu Besuch.«

»Wollen Sie längere Zeit bleiben?« fragte Edward begierig.

»Ungefähr einen Monat«, antwortete Lady Jane.

Edward lächelte entzückt. »Großartig! Dann werden wir Sie öfter sehen. Wo wohnen Sie?«

»Bei meiner Tante, Mrs. Perkins. Aber ich habe einige Freunde in der Nachbarschaft. Vielleicht kennen Sie einen davon. Varley, Lord Dana Varley?«

Morgana war nicht überrascht. Lady Jane war genau die Art Frau, mit der Lord Dana verkehren würde. Schön, aber oberflächlich.

»Dana! Lord Dana! Ja, er ist ein liebenswerter Mensch«, erwiderte Edward.

»Und sehr freundlich«, fügte Angelique hinzu. »Er hat mir angeboten, mich in die Londoner Gesellschaft einzuführen. Er will mit mir Almack's besuchen.«

Lady Jane kniff die Augen zusammen und musterte Angelique. War diese Göre, die kaum der Kinderstube entwachsen war, Danas neuester Flirt? Sicherlich nicht. Sie entsprach nicht seinem Stil.

Lady Jane lachte schrill auf. »Meine Liebe, das sieht

Lord Dana überhaupt nicht ähnlich! Er geht sehr selten zu Almack's.«

Angelique lächelte schüchtern. »Ich weiß, das sagte er mir. Aber er meinte, bei mir würde er eine Ausnahme machen. Er hat auch versprochen, zwei seiner Freunde zu überreden mitzugehen.«

Lady Janes anfängliche Furcht verwandelte sich allmählich in Ärger. Sie hatte keine Ahnung, was für ein Spiel Lord Dana trieb, aber das, was sie gehört hatte, gefiel ihr nicht. Doch irgendwie brachte sie es fertig, ruhig zu bleiben, und sagte mit betont gelangweilter Stimme: »Nun, meine Liebe, dann ist Ihnen eine erfolgreiche Saison sicher.«

Morgana hatte die widerstreitenden Gefühle beobachtet, die sich in Lady Janes Gesicht spiegelten. Angelique hatte offensichtlich etwas gesagt, das die Lady aufregte.

»Angelique benötigt nicht Lord Danas Aufmerksamkeit, um ein erfolgreiches Debüt zu machen«, sagte Morgana ärgerlich. »Sie kommt sehr gut allein zurecht.«

Zum ersten Mal wandte Lady Jane ihr jetzt die volle Aufmerksamkeit zu, und dann schob sie Morgana als einen bloßen Niemand beiseite. Eine Person von Stand würde sich niemals in so schäbigen Kleidern sehen lassen. Und diese entsetzliche Frisur! Nein, sie war nur eine dumme, kleine blonde Göre, wegen der sie nicht beunruhigt sein mußte.

»Wo wohnt Ihre Tante?« fragte Edward, als King's Head in Sicht kam.

»Du kennst doch Mrs. Perkins, Edward«, unterbrach Morgana. »Sie wohnt in dem kleinen, blauen Häuschen in Caerleon.«

Das kleine Häuschen war in Wirklichkeit ein stattliches

Landhaus, aber Morgana konnte der Versuchung nicht widerstehen, Lady Jane einen Dämpfer zu versetzen. Sie sah befriedigt, daß ihr dies gelungen war, denn sie bemerkte, wie Lady Jane zusammenzuckte.

Edward runzelte die Stirn. Morgana benimmt sich sehr merkwürdig, dachte er. Das einzige blaue Haus, das er in Caerleon kannte, war beinahe so groß wie das Tredegar House.

Angelique versuchte die Situation zu retten, indem sie kindlich kicherte. »Ich weiß, es ist klein, verglichen mit Tredegar House, Morgana, aber nicht allzu klein.« Sie wandte sich an Lady Jane. »Wir wissen, wo Ihre Tante wohnt, aber wir kennen sie nicht persönlich. Sie lebt sehr zurückgezogen.«

Lady Janes Stirnrunzeln vertiefte sich. Es paßte ihr nicht, daß jedermann ihre Tante kannte. Würde dies bedeuten, daß alle in wenigen Minuten wußten, weswegen sie hergekommen war? Wie provinziell doch das alles war! Würde sie es wirklich einen Monat lang hier aushalten?

»Vielleicht kann ich Sie besuchen, wenn Sie sich bei Ihrer Tante eingelebt haben«, sagte Edward, als er die Pferde zum Stehen brachte. »Die Landschaft hier ist sehr schön und sehenswert. Auch Chepstow Castle ist einen Besuch wert.«

Lady Jane unterdrückte ein Gähnen. Das letzte, was sie wollte, war es, mit Edward Casper durch die Gegend zu streifen. Falls Lord Dana aber Angelique dazu benützen sollte, sie eifersüchtig zu machen, dann würde sie wiederum Edward dazu benützen, Dana eifersüchtig zu machen.

»Ich kann Ihnen nichts versprechen, bis ich weiß, was

meine Tante vorhat. Es geht ihr nicht sehr gut. Besuchen Sie mich am Ende der Woche. Das würde mich freuen.«

Sie wartete, bis Edward ihr beim Aussteigen half. Dann verabschiedete sie sich von Angelique und Morgana.

»Es war nett, Ihre Bekanntschaft zu machen, Lady Jane«, sagte Angelique. »Ich freue mich darauf, Sie wiederzusehen.«

»Das Vergnügen war ganz auf meiner Seite«, erwiderte Lady Jane und schwebte majestätisch auf das Gasthaus zu.

Morgana starrte ihr verwirrt nach. Sie wußte nicht warum, aber irgend etwas an dieser Frau mißfiel ihr. Sie wußte nur, daß sie Lady Jane gründlich verabscheute.

»Also wirklich, Morgana! Ich weiß nicht, was in dich gefahren ist«, sagte Edward und unterbrach abrupt ihre Gedanken. »Du warst schrecklich unhöflich zu dieser armen Frau! Weshalb hast du dich so ungewöhnlich benommen?«

Morgana lächelte ihn an. Sie war zu Edward immer offen und ehrlich gewesen, und dabei sollte es auch bleiben. »Ich weiß es wirklich nicht, Edward. Ich habe mich eben selbst darüber gewundert. Sie ist mir aus irgendeinem Grund maßlos unsympathisch, so wie sie dir aus irgendeinem Grund sympathisch ist.«

»Guter Gott, Morgana, das hört sich an, als ob du eifersüchtig wärst«, sagte Edward erstaunt.

»Warum? Weil du Zuneigung zu ihr gefaßt hast? Nein, das ist nicht der Grund. Vielleicht bin ich eifersüchtig auf die Leichtigkeit, mit der sie deine Aufmerksamkeit gewonnen hat. Vielleicht bin ich eifersüchtig auf ihre Weltgewandtheit. Oder könnte es sein, daß ich sie einfach nicht mag?«

»Edward hat recht, Morgana«, sagte Angelique. »Es sieht dir gar nicht ähnlich. Ich habe dich noch nie so unfreundlich erlebt. Ich persönlich finde, sie ist eine der schönsten Frauen, die ich je gesehen habe. Und ihre Garderobe ist exquisit. Ob sie Mama wohl den Namen ihrer Schneiderin verrät?«

Morgana verstand selbst nicht, warum sie sich so unhöflich benommen hatte, und es tat ihr leid, daß sie ihre Freunde verstimmt hatte.

»Verzeiht mir«, sagte sie. »Ich werde mich bemühen, künftig freundlicher zu sein.«

»Du brauchst dich nicht zu entschuldigen, Morgana«, erwiderte Edward. »Aber lassen wir das. Suchen wir den fliegenden Händler.«

»Und wie steht es mit dem Tee im King's Head?« fragte Angelique. »Können wir trotzdem hingehen?«

»Warum nicht«, sagte Morgana. »Ich könnte dann sofort damit beginnen, zu Lady Jane freundlicher zu sein.«

»Gutes Mädchen«, sagte Edward beifällig. »Wir werden sie überraschen. Aber es könnte ebensogut sein, daß sie schon zu ihrer Tante gefahren ist, ehe wir einkehren.«

Er lockerte die Zügel, und die Pferde liefen los. Sie entfernten sich rasch vom Gasthaus, aber nicht rasch genug, daß Morgana nicht noch aus den Augenwinkeln Lord Danas Kutsche vor dem King's Head vorfahren sah. Sie runzelte die Stirn. Wen, um alles in der Welt, besuchte er dort?

10. Kapitel

Die Waren des Händlers erwiesen sich als enttäuschend. Die Bänder waren geschmacklos, und die einzigen Fächer, die er anbot, waren billige Fabrikate.

»Es tut mir so leid, meine Damen«, sagte Edward. »Ich komme mir ganz elend vor, weil ich mit euch vergeblich ins Dorf gefahren bin.«

»Es war nicht vergeblich«, versicherte ihm Morgana. »Der Ausflug war sehr angenehm. Ich bin Tredegar House und den Arbeitern gern entronnen. Bei diesem ganzen Tumult bringe ich sowieso nichts zuwege.«

Angelique fuhr sich theatralisch über die Stirn. »Ich glaube, es ist an der Zeit, daß wir zum Gasthaus fahren, sonst sterbe ich vor Durst.«

Morgana wollte protestieren, denn sie empfand ein merkwürdiges Unbehagen bei dem Gedanken daran, dort Lord Dana zu begegnen. Dann schalt sie sich als töricht. Wahrscheinlich hatte er King's Head längst verlassen.

Edward und Angelique dagegen freuten sich auf die Aussicht, dort vielleicht Lady Jane wiederzusehen.

»Setzt euch in den Garten an der Rückeite des Hauses«, sagte Edward, als sie das Gasthaus betraten. »Ich suche Mr. Jones und will sehen, was er uns zum Tee anbieten kann.«

Morgana stimmte eifrig zu. Sie hatte kein Bedürfnis danach, Lady Jane wiederzusehen, und sie war sicher, daß diese Dame ungern längere Zeit im Freien zubrachte.

»Komm, Angelique«, sagte sie. »Es könnte unserem

Ruf schaden, wenn wir uns zu lange im Schankraum aufhalten.«

Edward fand den Wirt im Speisezimmer, aber anstatt Tee zu bestellen, fragte er ihn, ob eine Lady Weesner schon abgereist sei.

Der Wirt blickte verächtlich nach oben. »Ich wäre froh, wenn es so wäre, Mr. Casper. Nein, sie ist immer noch hier und unterhält die Mannsbilder!«

Edward wurde blaß, als er die unwillkommene Neuigkeit hörte. »Du lieber Himmel, Mr. Jones, ich wollte nicht neugierig sein. Wir haben uns heute kennengelernt, und ich wollte sie nur fragen, ob sie mit uns Tee trinken würde.«

»Sie und diese Mannsbilder? Es sollte mich wundern, wenn sie dazu nicht zu beschäftigt wäre! Ich sage Ihnen eines, Mr. Casper, ich riskiere Kopf und Kragen und richte es ihr aus, obwohl sie mir eingeschärft hat, daß sie nicht gestört werden will.«

Edward legte dem Wirt eine Hand auf den Arm. »Sie werden nichts dergleichen tun, Mr. Jones. Ich besuche Lady Weesner später in dieser Woche wie ausgemacht.«

Mr. Jones lachte. »Ich rate Ihnen, besuchen Sie die Dame sehr viel später, denn eines kann ich Ihnen versichern, sie ist zur Zeit sehr beschäftigt – zuerst mit dem Dandy, mit dem sie angereist kam, und jetzt mit Lord Dana. Ich will Ihnen etwas verraten: Sie hat mein Gasthaus in einen regelrechten Picadilly Circus verwandelt!«

Edward blieb unter der Tür zum Speisezimmer stehen. Er hörte Stimmen durch den Korridor schallen. Ein Mann erzählte mit monotoner Stimme eine Geschichte, und dann hörte Edward eine Frau affektiert lachen. Er ging zur Tür, aus der die Stimmen kamen, und blieb wie angewurzelt stehen, als er Lord Danas Stimme erkannte. Er hatte Mr. Jones nicht geglaubt, daß Lady Jane mit Lord Dana beschäftigt war, wie sich der Wirt ausgedrückt hatte. Aber hatte sie nicht erzählt, daß sie Lord Dana kannte? Was war also natürlicher, als daß dieser seine alte Freundin besuchte?

Und was den Dandy betraf, mit dem Lady Jane angereist war, so war dies höchstwahrscheinlich ihr Bruder, ihr Vetter, ihr Onkel oder irgendein Bekannter, der sie aus London hierher begleitet hatte. Mr. Jones besaß eine zu üppige Fantasie.

Edward ging in den Garten. Aber seine gute Laune war plötzlich verflogen. Er hatte sich wie ein Narr benommen und sich von einem Paar der hübschesten grünen Augen und der zierlichsten Füße täuschen lassen. Es war offensichtlich an der Zeit, daß er seine Reisen ins Ausland wieder aufnahm.

Als er zu Morgana und Angelique trat, war er sehr ernst.

»Was hast du uns zum Tee bestellt, Edward?« fragte Angelique.

»Tee? O ja, ganz recht, Tee! Den habe ich ganz vergessen.« Er drehte sich auf dem Absatz um und ging wieder ins Gasthaus. Morgana machte ein nachdenkliches Gesicht. Irgend etwas mußte Edward verwirrt haben. Hatte Lady Jane ihn vielleicht abblitzen lassen?

»Wo hatte Edward seine Gedanken?« fragte Angelique. »Es ist überhaupt nicht seine Art, sich so seltsam zu verhalten.«

»Sein seltsames Verhalten begann in dem Augenblick, als er diese Frau kennenlernte«, sagte Morgana spitz. »Vielleicht hat sie ihm eine Abfuhr erteilt.«

»Der arme Edward, er war von ihr so begeistert. Sie ist so schön und hat so viel Geschmack. Ihr Kleid war das hübscheste, das ich seit langem gesehen habe. Und hast du ihren Unterrock gesehen? Er war von einer anderen Farbe. Ich glaube nicht, daß unserer Schneiderin in Newport jemals etwas so Originelles einfallen würde.«

Morgana unterdrückte die Bemerkung, die ihr auf der Zunge lag. Statt dessen sagte sie:

»Lady Jane wird Caerleon im Sturm erobern. Und Newport übrigens auch.«

»Ich sollte daran denken, daß ich ihr nicht zu viele Fragen über London stelle. Mama meint, daß dies lästig wirken könnte. Sieh mal, Morgana, ist das nicht Lord Danas Kutsche?« fragte Angelique, als sie zum Gartenzaun gingen, von wo aus man die Stallungen sah.

»Ich glaube ja«, erwiderte Morgana.

»Ich wüßte gern, was er hier tut«, sagte Angelique. »Vielleicht hat er seine Kutsche aber auch nur hier abgestellt und ist in das Dorf gegangen.«

Morgana erwärmte sich für diese Idee und nickte zustimmend.

»Sind seine Pferde nicht herrlich!« rief Angelique. »Ich wollte, Papa würde sich auch so ein Gespann kaufen. Stell dir vor, wie elegant es aussehen würde, wenn wir mit so edlen Braunen durch das Land fahren würden.«

Während sie Lord Danas Pferde betrachteten, bog eine weitere Kutsche in den Stallhof ein. Ein Stallknecht eilte herbei und nahm dem stattlichen jungen Mann die Zügel ab, der die Kutsche gelenkt hatte und seinen Kastorhut verwegen schräg auf dem Kopf trug.

Angelique starrte den Fremden mit unverhohlener Neugier an. Er war eindrucksvoll, der eleganteste junge Mann, den sie je gesehen hatte.

Morgana betrachtete ihn ebenfalls neugierig. »Noch ein Fremder!« bemerkte sie. »Glaubst du, er ist ein Freund von Lord Dana?«

Ein verträumter Ausdruck trat in Angeliques Gesicht, als sie zusah, wie der junge Mann zum Gasthaus hinüber schlenderte. Der Wind mußte ihm Morganas Worte zugetragen haben, denn plötzlich blickte er in ihre Richtung. Er blieb stehen und erwiderte Angeliques Blick.

»Ich muß im Himmel sein, denn Sie sind gewiß ein Engel!« rief er.

Morgana runzelte die Stirn und zog Angelique vom Zaun weg. »Ermutige ihn nicht, Angelique«, sagte sie. »So benimmt man sich nicht gegenüber einem Fremden!«

Angelique konnte nicht widerstehen und blickte über die Schulter zurück. Sie schenkte dem jungen Mann ein Lächeln, und er lächelte zurück. Dann nahm er mit einer schwungvollen Geste seinen Hut ab, legte den Arm über seine Brust und verbeugte sich tief.

»Ich wüßte gern, wer er ist«, flüsterte Angelique.

Morganas Stirnrunzeln vertiefte sich.

»Mache kein solches Gesicht, Morgana! Wenn er ein Freund von Lord Dana ist, lerne ich ihn früher oder später sowieso kennen«, sagte Angelique.

Morgana entspannte sich ein wenig. »Du hast recht, aber du darfst nicht so dreist sein. Das schickt sich nicht für ein Mädchen in deinem Alter!«

Angelique lachte. »Aber du kannst tun und lassen, was dir gefällt, weil du schon so alt bist, Morgana.

Nein, mein Verhalten ist nicht unschicklicher, als es deines eben war. Du hast ihn genauso angestarrt wie ich.«

»Ich bin sicher, daß er mich überhaupt nicht bemerkt hat. Er hatte nur Augen für dich, Angelique, und seine Worte waren nur auf dich gemünzt.«

»Glaubst du wirklich?«

Morgana nickte. »Niemand würde mich einen Engel nennen«, sagte sie und wurde durch Edwards Auftauchen einer weiteren Diskussion darüber enthoben.

Edward sah jetzt viel glücklicher aus als zuvor und unterhielt sich angeregt mit dem jungen Mann, dessen Ankunft sie eben mitangesehen hatten.

»Angelique, dies ist Larry, ein alter Freund von mir aus Cambridge. Oh, Verzeihung, Larry – Sir Larry Field.«

Sir Larry und Angelique sahen einander wie gebannt an. Dann machte Angelique einen kleinen Knicks und schenkte Sir Larry ein schüchternes Lächeln.

»Sagte ich nicht, Sie seien ein Engel«, murmelte Sir Larry und machte einen sehr eleganten Kratzfuß. »Ich bin bezaubert, Miß Casper, Ihre Bekanntschaft zu machen.«

»Und ich die Ihre, Sir Larry«, antwortete Angelique atemlos. Sie errötete ganz reizend.

»Und Larry, dies ist Miß Williams, eine alte Freundin von uns. Morgana Williams.«

Sir Larry wandte kurz den Blick von Angelique ab, um Morgana zu begrüßen. Morgana nickte zurück. Ihr war nun sehr viel wohler zumute, nachdem sie wußte, daß Edward den jungen Mann kannte, von dem Angelique so hingerissen war.

Edward legte seinem Freund eine Hand auf die Schulter. »Ich kann kaum glauben, daß du tatsächlich hier bist«, sagte er. »Es ist erst ein paar Minuten her, da dachte ich, es sei für mich an der Zeit, wieder ins Ausland zu gehen, und dabei fiel mir dein Name ein. Wie wäre es, wenn wir wieder zusammen nach China reisen würden?«

Sir Larry sah Angelique an und schüttelte langsam den Kopf. »Nicht im Augenblick«, erwiderte er vielsagend. »Ich glaube, ich habe in der unmittelbaren Zukunft etwas sehr viel Interessanteres zu tun.«

Angelique errötete noch tiefer.

»Hast du Zeit, mit uns Tee zu trinken?« fragte Edward und achtete nicht darauf, was zwischen seiner Schwester und seinem Freund vorging. »Oder halten wir dich von einer wichtigen Verabredung ab?«

»Gott im Himmel, nein«, antwortete Larry und löste seinen Blick sichtlich zögernd von Angelique. »Wie ich schon sagte, ich habe es nicht eilig wegzufahren.«

»Bedeutet das, daß du eine Weile hier in der Gegend bleiben willst?«

Sir Larry nickte. »Ich wohne bei Varley. Hast du ihn schon kennengelernt?«

»Wir haben eben ein ähnliches Gespräch mit einer Dame geführt«, sagte Morgana lachend. »Kennen Sie zufällig Lady Jane Weesner?«

»Jane? Wie zum Teufel... O pardon, Ma'am«, rief Sir Larry. »Wie haben Sie sie kennengelernt?«

»Sie ist während eines Spaziergangs gestürzt, und wir kamen rechtzeitig mit unserer Kutsche vorbei, um ihr zu helfen«, erklärte Edward. »Wir haben sie hierher in das Gasthaus gefahren. Sie sagte, sie sei auf dem Weg zu ihrer Tante in Caerleon.«

Sir Larry schüttelte erstaunt den Kopf. »Wieso ging sie spazieren? Ich habe noch nie gehört, daß sie freiwillig auch nur einen Schritt getan hätte. Ständig versicherte sie mir, sie hasse jegliche Form von körperlicher Bewegung außer dem Tanzen.«

»Davon hat sie uns auch unterrichtet«, sagte Morgana und nahm dankbar den verächtlichen Tonfall in Sir Larrys Stimme wahr.

»Sie hat sich sehr tapfer verhalten«, sagte Edward zu Lady Janes Verteidigung. »Sie hätte sich ernstlich verletzen können. Sie klagte nur ein wenig, weil der Saum ihres Kleides zerrissen war.«

»Dies war wahrscheinlich die eigentliche Katastrophe, mein lieber Edward«, bemerkte Sir Larry. »Ihr Mädchen hat das Etui verlegt.«

Niemand bemerkte den unglücklichen Ausdruck, der in Angeliques Gesicht trat, als sie über Lady Jane sprachen.

»Kennen Sie Lady Jane sehr gut?« fragte Angelique.

Sir Larry spürte sofort ihr Unglück und bemühte sich, sie zu besänftigen. Er hatte sich einem weiblichen Wesen gegenüber noch niemals als Beschützer gefühlt, doch nun wußte er, daß er alles tun würde, damit dieses reizende Wesen wieder lächelte.

»Wir kennen uns nur sehr flüchtig«, sagte er. »Wir verkehren in London nicht in den gleichen Kreisen.«

»Sie ist sehr schön, nicht wahr?«

»Das sagt man in London, aber ich höre nicht auf das Geschwätz«, sagte er mit einem fröhlichen Lachen.

Angelique lächelte ihn schüchtern an.

Sir Larry widerstand nur schwer der Versuchung, ihre Wange zu streicheln. Statt dessen wandte er sich ab und fragte, ob jemand Lord Dana gesehen habe.

»Er wollte um zwei Uhr hier sein, aber ich glaube, er wurde durch seine Verabredung mit Madame Tussaud aufgehalten.«

»Er ist hier«, sagte Angelique, »das heißt, seine Kutsche steht im Stallhof. Morgana und ich dachten, daß er sie vielleicht dagelassen hat, während er etwas im Dorf erledigt.«

Edward hustete diskret, sah Sir Larry vielsagend an und deutete mit dem Kopf auf das Gasthaus.

»Ah, ganz recht«, sagte Sir Larry, »ganz recht, so wird es wohl sein. Er ist immer sehr besorgt um seine Pferde. Er würde sie nie auf der Straße stehenlassen.«

In diesem Augenblick erschien Mrs. Jones, um sich zu erkundigen, ob die Herrschaften im Garten oder im vorderen Zimmer speisen wollten.

»Wir haben im April selten so mildes Wetter, daß man um diese Jahreszeit im Freien sitzen kann«, sagte sie.

»Es ist wunderbar hier draußen«, antwortete Edward rasch. »Bringen Sie uns Ihren walisischen Kuchen. Wir würden ihn alle gern essen.«

Mrs. Jones schüttelte traurig den Kopf. »Der Hund hat mein ganzes Gebäck hinter meinem Rücken aufgefressen, als es aus dem Ofen kam. Es tut mir so leid, Mr. Casper, vielleicht ein andermal.«

Der Tee war ausgezeichnet, und Sir Larry verzehrte mit großem Appetit die meisten Sandwiches und eine Menge von dem Kleingebäck.

Edward wirkte geistesabwesend und sah immer wieder zum Gasthaus hinüber. Kaum hatten Morgana und Angelique ihr Mal beendet, schlug er vor, sofort aufzubrechen.

»Ich komme morgen bei dir vorbei«, sagte Sir Larry. »Wo wohnst du übrigens?«

»Bei meinen Eltern, alter Junge, Llanphangel Court.«

»Kommen Sie zu uns zum Mittagessen?« fragte Angelique kaum hörbar. »Ich weiß, Mama würde sich freuen, einen alten Studienfreund von Edward kennenzulernen.«

Sir Larry stimmte begeistert zu.

»Dana wird dir erklären, wie du uns findest. Richte ihm aus, daß er ebenfalls eingeladen ist«, sagte Edward, während er Morgana und Angelique durch den Garten zum Stallhof drängte. »Wir freuen uns auf euch.«

Morgana ließ sich bereitwillig wegführen, aber es kam ihr so vor, als habe Edward es nicht nur außerordentlich eilig, sondern als wolle er es auch vermeiden, noch einmal das Gasthaus zu betreten.

»Es war ganz reizend, Sie kennenzulernen, Sir Larry«, sagte Morgana. »Ich hoffe, Sie finden die Zeit, sich Madame Tussauds Wachsfiguren-Ausstellung im Tredegar House anzusehen.«

»Beim heiligen Georg, das ist eine grandiose Idee«, erwiderte er, als er sie zum Gartentor begleitete.

Auch er hatte es plötzlich sehr eilig, sich zu verabschieden, dachte Morgana. Sie blieb stehen und blickte zum Gasthaus zurück. In dem Moment betraten Lord Dana und Lady Jane den Garten.

Lady Jane hatte besitzergreifend eine Hand unter Lord Danas Arm geschoben und blickte hingerissen zu ihm auf.

Morgana begriff sofort, welche Beziehung Lady Jane zu Lord Dana hatte. Aus einem unerklärlichen Grund fühlte sie sich verraten.

Sie drehte sich rasch um und schloß sich den anderen an, in der Gewißheit, daß Lord Dana und Lady Jane ihre Anwesenheit bemerkt hatten.

11. Kapitel

Lord Dana hatte eine höchst unangenehme und beunruhigende Stunde mit Lady Jane verbracht. Er war keineswegs begeistert davon, daß sie einen längeren Aufenthalt in dieser Gegend plante. Ja, er hatte das ungute Gefühl, daß ihn das Leben hier in Wales sehr in Anspruch nahm und er im Begriff war, seine Londoner Freunde zu vergessen.

Lady Jane war über den Sinneswandel ihres Geliebten äußerst besorgt. Lord Dana hatte sie nur flüchtig umarmt, seitdem er im Gasthaus eingetroffen war. Sie hatte zügellos mit ihm geflirtet, aber er schien für ihren Charme unempfänglich geworden zu sein. Ein Gefühl der Unsicherheit überkam sie. Hatte sie den größten Fehler ihres Lebens begangen, als sie ihm erlaubte, sie allein in London zurückzulassen? Hatte die kleine Maus mit dem strohblonden Haar ihn mit ihrer tugendhaften Unschuld bezaubert? Sie seufzte. Was würde aus ihr werden, wenn Lord Dana sie nicht heiratete?

Diese und andere düstere Gedanken gingen ihr durch den Kopf, als Lord Dana vorschlug, einen Spaziergang im Garten zu machen. Sie stimmte zu, weil er deutlich gemacht hatte, daß er nicht in der Geistesverfassung eines Liebenden war. Außerdem war ihr der Klatsch aus London ausgegangen, und es war merkwürdig, daß sie auf einmal nichts mehr zu reden hatten.

Ihre Stimmung wurde noch düsterer, als sie beim Betreten des Gartens sah, wie Angelique diesen durch das Hintertor verließ. Ehe sie eine Konfrontation erzwingen konnte, nahm Lord Dana sie am Arm und zog sie ins Gasthaus zurück. Deutete dieser hastige Rückzug darauf hin, daß er ungern gesehen werden wollte, wie er Arm in Arm mit ihr spazieren ging?

»Ist es dir unangenehm, mit mir in der Öffentlichkeit gesehen zu werden?« fragte sie, als sie wieder in ihrem Privatsalon saßen.

Diesmal war Lord Dana verlegen, denn ihm wurde bewußt, daß Lady Jane die Wahrheit ausgesprochen hatte. Die Situation war ihm sehr peinlich.

»Dazu besteht kein Grund, Liebling«, fuhr Lady Jane schmeichelnd fort. »Ich habe heute nachmittag die Leute kennengelernt, als ich einen Spaziergang machte. Sie wissen, daß ich hier bin, um meine Tante zu besuchen. Ich erzählte ihnen auch, daß wir alte Freunde sind. Du siehst also, Liebling, du brauchst nicht verlegen zu sein. Ich begreife auch, weshalb du nicht möchtest, daß unsere Namen miteinander in Verbindung gebracht werden. Hier sind alle so provinziell.«

»Das stimmt nicht, Jane. Sie kommen dir vielleicht provinziell vor, aber Edward und Angelique sind mit ihren Eltern weiter in der Welt herumgekommen als du und ich.« Er dachte an Morgana und beschloß, über sie zu schweigen. In Lady Janes Augen würde sie gewiß hinterwäldlerisch erscheinen, denn erst wenn man Morgana besser kannte, kam ihre Persönlichkeit zur Geltung.

Lady Jane schluckte an dieser letzten Bemerkung, denn sie gefiel ihr nicht. »Willst du damit sagen, Dana, daß du ihre Weltläufigkeit der meinen vorziehst?«

»Wenn etwas anders ist, bedeutet dies nicht, daß es unbedingt besser ist, Jane. Komm, Liebste, wir wollen nicht miteinander streiten. Erlaube mir, dich zu deiner Tante nach Caerleon zu bringen, ehe es zu spät wird und die Dunkelheit hereinbricht.«

Nun schmollte Lady Jane noch mehr. »Ich bin nicht von London zu dir hierhergekommen, um in Caerleon allein herumzusitzen, Dana. Wann werden wir Zeit füreinander haben?«

Lord Dana machte ein nachdenkliches Gesicht. Bis gestern hatte er ernsthaft erwogen, sie in sein Haus einzuladen, selbst wenn er dabei riskiert hätte, von seinen Nachbarn schief angeschaut zu werden. Er hatte Anweisungen gegeben, das rosarote Schlafzimmer neben dem seinen für dieses Ereignis herzurichten. Jetzt wußte er, daß er dies nicht tun würde. Er wollte seine nächsten Nachbarn nicht gegen sich aufbringen.

»Wir haben eine Menge Zeit, Jane. Ich weiß, was für ein Opfer es für dich gewesen sein muß, eigens hierher zu kommen, um mich zu sehen. Aber ich werde dich in Caerleon nicht einrosten lassen.«

Er blickte auf sie hinab und verlor sich in den grünen Tiefen ihrer Augen. Mit dem Finger strich er an ihrer Wange herab bis zu ihrem Kinn. Dann hob er es an und berührte ihre Lippen mit den seinen. Sie schlang sofort die Arme um seinen Hals und preßte sich an ihn.

»Dana, du weißt nicht, wie sehr ich dich vermißt habe«, flüsterte sie heiser. »Willst du mich wirklich schon heute nach Caerleon schicken?«

Lord Dana, der nach tagelangem Zölibat für ihre Reize durchaus empfänglich war, umarmte sie, und seine Lippen suchten die ihren. Ehe er ihr sagen konnte, daß eine Nacht der Unbesonnenheit nichts ausmachen würde, betrat Sir Larry das Zimmer.

»Oh! Entschuldige, alter Junge!« rief er. »Ich wollte nicht stören! Ich hatte keine Ahnung, daß du immer noch beschäftigt bist.« Er wollte sich aus dem Zimmer zurückziehen.

»Überhaupt nicht, Larry«, antwortete Lord Dana, und sein Verlangen verflog so rasch, wie es gekommen war. »Jane und ich haben uns eben verabschiedet. Ich bringe sie jetzt nach Caerleon.«

Lady Jane sah Sir Larry wütend an. Der intime Augenblick zwischen ihr und Dana war verloren. Sie rang sich widerwillig ein Lächeln ab. »Ich muß dir noch für deine Freundlichkeit danken, Larry, die du mir während der Fahrt von London hierher erwiesen hast.«

»Nicht der Rede wert, Jane. Ich bin froh, daß ich dir helfen konnte. Jedenfalls verlasse ich euch jetzt, Dana, damit ihr euch noch einmal verabschieden könnt. Soll ich unten auf dich warten?«

Lord Dana nickte. »Ich bin spätestens in einer Stunde wieder zurück, Larry. Wir können dann hier zu Abend essen, ehe wir nach Hause fahren. Ich möchte nicht, daß es spät wird, denn ich will noch an Mama schreiben.«

Lord Dana war bei seiner Rückkehr aus Caerleon sehr nachdenklich. Er achtete kaum auf das Geplauder seines Freundes über Angelique.

Lady Jane hatte während der Fahrt zu ihrer Tante fast ununterbrochen über Edward Casper gesprochen, und diese Konversation beschäftigte ihn jetzt. War sie den ganzen Weg nach Wales gereist um festzustellen, daß sie ihre Zeit nicht mehr mit ihm verbringen wollte? Hatte sie ihm damit sagen wollen, daß sie Edwards Gesellschaft der seinen vorzog?

Sie war sehr verführerisch gewesen, als sie ihn begrüßt hatte, und wie sie selbst zugab, hatte sie nur zwanzig Minuten mit Edward verbracht. Konnte eine so kurze Begegnung bewirkt haben, daß sie ihre Zuneigung einem anderen zuwandte?

Er fand die Situation merkwürdig, und doch war er gleichzeitig erleichtert. Es war nicht abzustreiten, daß sich seine eigenen Gefühle Lady Jane gegenüber gewandelt hatten, und er plötzlich nicht mehr den Wunsch hatte, sie zu heiraten.

»Hör mal, Larry, ist es möglich, daß du glaubst, du liebst jemanden, und im nächsten Augenblick stellst du fest, daß dies nicht der Fall ist?« sagte er plötzlich.

»Jederzeit, alter Junge, jederzeit! Und glaube mir, es war mir in meinem ganzen Leben niemals ernster zumute.«

Lord Dana sah seinen Freund verwirrt an. »Worüber sprichst du, um alles in der Welt? Ich meine Jane!«

»Oh, und ich sprach über Angelique. Willst du damit sagen, daß du mir die ganze Zeit überhaupt nicht zugehört hast?«

Lord Dana lächelte verlegen. »Es tut mir leid, Larry, aber ich war in meine eigenen Gedanken vertieft. Darf ich dich bitten, alles noch einmal zu erzählen?«

»Du bist ein Schuft, Dana! Ich sitze hier und schütte dir auf die unwahrscheinlichste Art und Weise mein Herz aus, wie dieses bezaubernde Wesen mich gefangengenommen hat und du hörst mir überhaupt nicht zu!«

»Angelique? Nun, sie hat bis jetzt noch nicht ihr Debüt gemacht.«

»Ich begreife nicht, was das mit meinen Gefühlen zu

tun haben soll! Ich werde Angelique heiraten, selbst wenn ich ein Jahr lang auf sie warten muß.«

An der Aufrichtigkeit war nicht zu zweifeln, mit der Sir Larry sprach. Lord Dana sah ihn überrascht an.

»Aber du kennst sie doch kaum«, sagte er schließlich. »Bist du sicher, daß du den Rest deines Lebens mit ihr verbringen willst?«

Ein verträumter, entrückter Ausdruck trat in Sir Larrys Augen, und er lächelte. »Ich bin mir noch nie in meinem Leben einer Sache so sicher gewesen, Dana. Angelique ist die Frau, die ich heiraten werde.«

»Nun, und ich bin eben zu dem Schluß gekommen, daß Jane und ich nicht zusammenpassen. Es sieht so aus, als ob wir beide heute abend Entscheidungen von großer Tragweite getroffen hätten.«

Sir Larry ergriff Lord Danas Hände und schüttelte sie kräftig. »Du hast einen klugen Entschluß gefaßt, mein Freund. Jane ist nicht die Frau für dich! Wie hat sie die Abfuhr aufgenommen?«

Lord Dana zog eine Grimasse. »Ich bin erst eben zu diesem Entschluß gekommen. Ich weiß noch nicht, wie ich es ihr beibringen werde. Sie reist den ganzen Weg von London nach Wales, um mich zu sehen, aber andererseits spricht sie unaufhörlich in glühenden Worten über Edward Casper. Will sie mich eifersüchtig machen? Ich verstehe das nicht.«

Sir Larry hustete verlegen. »Darf ich dich an unser Gespräch über Jane von heute vormittag erinnern? Ich mache dir einen Vorschlag. Biete Jane an, ihre Schulden zu bezahlen. Ich schwöre dir, sie kehrt dann liebend gern sofort nach London zurück.«

»Wenn du nicht mein Freund wärst, würde ich dich wegen dieser Bemerkung herausfordern, Larry«, sagte Lord Dana ärgerlich.

»Wenn du nicht mein Freund wärst, hätte ich diese Bemerkung nicht gemacht, Dana. Hör mir zu! Du scheinst der einzige Mensch zu sein, der von Janes enormen Schulden nichts weiß. Sieh der häßlichen Wahrheit ins Gesicht und vergiß sie dann. Jane hat versucht, dich zu einer Heirat zu bewegen. Denn sie weiß, wenn sie dabei erfolgreich gewesen wäre, hätten die Kaufleute ihre Schulden bei dir eingetrieben. Du hast dich von ihrem Charme betören lassen. Du hast dich von ihrer Sinnlichkeit narren lassen, geblendet vom Verlangen...«

»Mit anderen Worten, ich habe mich wie ein Narr benommen«, unterbrach Lord Dana. »Du hast dich sehr deutlich ausgedrückt, Larry. Ich danke dir.«

»Du weißt, es ist nicht meine Art, mich einzumischen. Aber ich versichere dir eines: Sobald du die Tatsache überwunden hast, daß Jane dich nur für ihre eigenen Zwecke benützte, wirst du sehr glücklich sein.«

»Ich fühle mich schon jetzt sehr viel wohler, glaube mir«, sagte Lord Dana. »Nun aber erzähle mir alles über Angelique.«

Morgana hatte Lady Isabels Einladung zum Mittagessen abgelehnt. Sie war der Meinung, daß ein Essen im Familienkreis viel passender wäre, wenn Sir Larry tatsächlich Angeliques Zuneigung gewinnen wollte. Außerdem hatte sie bis zur Eröffnung der Ausstellung im Tredegar House noch viel zu tun. Auch Tante Matty wurde allmählich ein Problem. Sie war der Meinung, Madame Tussauds Wachsfiguren wären lebendige Menschen, und sie verbrachte endlose Stunden damit, auf sie einzureden.

»Ich weiß nicht, was ich mit ihr machen soll, Madame Tussaud«, sagte Morgana. »Heute mußte ich Tante Matty schon sechsmal ins Haus zurückholen.«

»Ich verstehe Ihre Sorge, Morgana. Aber Ihre Tante ist harmlos. Sie lebt in ihrer eigenen Welt. Lassen Sie sie dort.«

»Ich mache mir Sorgen, denn Tante Matty erinnert sich kaum noch, wer ich bin. Was soll ich tun, wenn sie mich eines Tages überhaupt nicht mehr erkennt?«

Madame Tussaud schwieg einen Augenblick. »Dann müssen Sie Ihre Tante einer Pflegerin anvertrauen. Sie können Sie nicht länger allein versorgen.«

Morgana schüttelte den Kopf. »Das bringe ich nicht fertig, Madame Tussaud. Tante Matty ist meine einzige Familienangehörige. Ich kann sie nicht im Stich lassen.«

»Aber Sie lassen sie doch nicht im Stich, mein Kind. Tante Matty kann trotzdem hier bei Ihnen leben. Die Pflegerin würde Sie nur der Notwendigkeit entheben, den Wachhund zu spielen. Vergessen Sie nicht, Sie müssen Ihr eigenes Leben führen, oder wollen Sie sich für den Rest des Lebens hier vergraben?«

Morgana lachte traurig. »Mir bleibt nichts anderes übrig, Madame Tussaud.«

»Aber Sie sind jung, Morgana. Ihr ganzes Leben liegt noch vor Ihnen. Sie wissen nicht, was morgen geschieht, nächste Woche, nächsten Monat oder nächstes Jahr. Meine Liebe, versprechen Sie mir, daß Sie es sich wenigstens überlegen wollen, ob Sie jemanden einstellen, der Ihre Tante betreut.«

Morgana nickte zögernd. »Ich verspreche Ihnen, daß ich darüber nachdenken werde.«

Danach sprachen sie über die Ausstellung und das, was

bis zur Eröffnung im Tredegar House noch dafür vorbereitet werden mußte. Mr. Llewellyn hatte jetzt alle Instandsetzungsarbeiten in die Hand genommen.

»Dieser Mr. Llewellyn ist ein sehr tüchtiger Verwalter, Morgana«, sagte Madame Tussaud höchst befriedigt.

Morgana nickte. »Lord Dana hat großes Glück, daß ein so erfahrener Mann seine Güter verwaltet. Wenn er nach London zurückkehrt, braucht er sich um nichts Gedanken zu machen.«

»Seien Sie nicht so sicher, daß er es sehr eilig hat, Wales zu verlassen«, sagte Madame Tussaud. »Als er mich gestern besuchte, erzählte er mir... Nein, meine liebe Morgana, ich verrate Ihnen nicht, weshalb er bei mir vorbeischaute. Ja, ja, ich weiß, Sie wüßten es gern, aber Sie sind zu höflich, um mich danach zu fragen. Genügt es Ihnen, wenn ich sage, daß ich eine kleine Überraschung für Sie und Tante Matty vorbereite?«

»Aber das sollten Sie nicht tun, Madame Tussaud. Sie haben mit Ihrer Ausstellung so viel zu tun. Sie sollen sich meinetwegen keine Umstände machen.«

Madame Tussaud lächelte. »Meine liebe Morgana, ich arrangiere es auch zu meinem Vergnügen. Ich kann mich nicht daran erinnern, wann ich jemals mehr Freude an der Arbeit gehabt hätte. Wenn Sie mich nach jenem Unfall nicht bei sich aufgenommen und mir geholfen hätten, wäre ich vielleicht immer noch unterwegs und würde einen Platz suchen, wo ich meine Wachsfiguren reparieren könnte.«

Beide wußten, daß sie von dem Unfall profitiert hatten. Schließlich sagte Morgana, sie werde Madame Tussaud vermissen, wenn sie Wales verlassen sollte.

»Ich hoffe, Sie besuchen mich in London, Morgana. Ich

möchte dort eine ständige Ausstellung einrichten. Ich bin jetzt zu alt, um ständig im Land herumzureisen. Ich glaube auch, daß es an der Zeit ist, Johnny zu helfen, ein ruhigeres Leben zu führen. Er ist nach Manchester gefahren, um einer jungen Dame einen Heiratsantrag zu machen, die er vor einem halben Jahr kennengelernt hat. Wenn er verheiratet ist, wird er nicht länger kreuz und quer durch England fahren wollen.«

»Wird er rechtzeitig zur Ausstellungseröffnung wieder hier sind?«

Madame Tussaud zuckte mit den Achseln. »Ich habe ihm gesagt, er soll sich Zeit lassen. Liebe kann man nicht überstürzen. Liebe muß wachsen, sie muß gehegt werden.«

Morgana lachte. »Erlauben Sie, daß ich Ihnen widerspreche. Die Liebe traf Angelique gestern wie der Blitz.«

»Schon wieder?« fragte Madame Tussaud lachend.

Morgana nickte. »Aber dieses Mal war es bemerkenswert mitanzusehen. Während wir im King's Head auf den Tee warteten, traf dort ein junger Mann ein. Er zog Angelique buchstäblich den Boden unter den Füßen weg. Und sie hatte auf ihn eine ähnliche Wirkung.«

»Ein Fremder?«

Morgana nickte.

»Und wie kamen sie ins Gespräch?«

»Es stellte sich heraus, daß der junge Mann Lord Dana besuchen wollte. Zufällig war er mit Edward in Cambridge gewesen. Angelique wurde angemessen von ihrem Bruder vorgestellt. Während wir jetzt hier miteinander reden, ist er bereits beim Lunch in Llanphangel Hall. Er will Sir Walter und Lady Isabel davon überzeugen, daß er der passende Mann für ihre Tochter ist.«

»Dann können wir aufatmen, denn Sie dürfen sicher

sein, Lady Isabel wird dafür sorgen, daß Angelique keinen Schaden nimmt. Erinnern Sie sich noch daran, wie besorgt sie war, als Angelique sich zu Lord Dana hingezogen fühlte?«

»Natürlich. Aber ich habe den Eindruck, daß es sich diesmal völlig anders verhält. Ich weiß nicht, wie ich es erklären soll, aber ich glaube, bei beiden war es Liebe auf den ersten Blick.«

Madame Tussaud nickte. »Aber glauben Sie mir, Morgana, jede Liebe muß gepflegt werden, ob sie nun als Freundschaft beginnt und langsam aufblüht oder ob sie einen plötzlich überfällt, wie in Angeliques Fall.«

»Dann wird bei Edward nichts daraus werden.«

Madame Tussaud sah Morgana überrascht an. »Was hat das mit Edward zu tun?«

»Ich vergaß Ihnen zu erzählen, daß wir gestern eine Dame kennengelernt haben, eine Lady Jane Weesner. Sie sah wie ein exotischer Paradiesvogel aus, und Edward war von ihr hingerissen.«

»So wie Sie über diese Dame sprechen, vermute ich, daß Sie sie nicht sonderlich schätzen.«

»Ich traue ihr nicht. Ich habe das Gefühl, daß sie die Menschen für ihre eigenen Zwecke mißbraucht. Obwohl ich mir nicht denken kann, weshalb Sie Edward ausnutzen will. Angeblich ist sie hier, um ihre Tante zu besuchen. Aber ich vermute, daß sie wegen Lord Dana angereist kam.«

Madame Tussaud nickte. Sie hatte vor einigen Monaten in London Klatsch in diesem Zusammenhang gehört. »Sie haben wahrscheinlich recht, ma cherie. Aber ich bin sicher, Lady Jane wird sich nicht lange in Wales aufhalten. Sie wird sich hier sehr bald langweilen.«

Morgana stimmte ihr zu, aber sie konnte nicht glauben, daß es Lord Dana nicht gelingen sollte, das Interesse einer Frau zu fesseln. Nach ihren Gesprächen mit ihm hatte sie inzwischen ihre Meinung über ihn revidiert. Sie fand sein Verhalten zwar immer noch arrogant, aber er war zweifellos ein interessanter Gesprächspartner.

12. Kapitel

Lady Theresas Ankunft glich einem Naturereignis. Sie bewegte sich wie ein frischer Wind durch Lord Danas Haus in ihrem dunkelblauen Kleid mit dem neumodischen Kragen aus Frankreich. Dazu trug sie einen kleinen Hut schräg auf dem Kopf und schwenkte ihren Sonnenschirm wie ein Siegeszeichen.

Das gesamte Personal in Lord Danas Haus erstarrte in Ehrfurcht vor der rastlosen Energie, die diese zierliche Frau ausstrahlte, und die Haushälterin trug den Mädchen im oberen Stockwerk auf, sie sollten sich besonders viel Zeit nehmen, wenn sie das Zimmer der gnädigen Frau abstaubten.

Lord Dana wußte, welche Wirkung seine Mutter auf sein Personal hatte, und er lächelte. Sein Lächeln war jedoch mit einem besorgten Stirnrunzeln verbunden. Der unerwartete Besuch seiner Mutter verwirrte ihn etwas, denn ihr Kommen war sicherlich keine Reaktion auf seinen Brief, den er ihr erst vor zwei Stunden durch einen Boten nach London geschickt hatte.

Der Gedanke, daß seinem Vater etwas zugestoßen sein könnte, kam ihm in den Sinn. Doch diese Sorge verflog in dem Augenblick, in dem er das strahlende Gesicht seiner Mutter sah, als sie aus ihrer eleganten Equipage stieg.

Er ging die Stufen hinab und begrüßte seine Mutter mit großer Zuneigung. »Mama, du beschämst uns alle mit deiner Eleganz. Du siehst einfach wunderbar aus.«

Lady Theresa musterte das Gesicht ihres Sohnes, ehe

sie ihn umarmte. »Du lieber Gott, Dana, ich erkenne dich kaum wieder. Du siehst sehr gesund aus!«

»Das ist einzig und allein der ländlichen Lebensweise hier zuzuschreiben, Mama. Aber du bist sicher nicht deshalb den ganzen Weg von London hierher gereist, um festzustellen, wie es mir geht. Welchem Umstand habe ich diese angenehme Überraschung zu verdanken?«

»Ich fühlte mich einsam«, lautete die prompte Antwort, die Lord Dana vermuten ließ, seine Mutter habe sie schon lange geprobt. »Dein Vater mußte sich mit einigen Problemen auf dem Besitztum in Nottingham befassen. Das Leben verlor in London für mich allmählich seinen Reiz.«

Lord Dana machte ein skeptisches Gesicht, aber er sagte lachend: »Ich bin sehr geschmeichelt, daß du meine Gesellschaft gesucht hast, Mama, und ich bin sehr glücklich darüber. Wenn du ein paar Tage länger in London geblieben wärst, hättest du meinen Brief erhalten, in dem ich dich darum bat, mich zu besuchen.«

Nun war es an Lady Theresa, ein erstauntes Gesicht zu machen. Sie hatte sich deshalb so rasch entschlossen, nach Wales zu reisen, weil sie erfahren hatte, daß Lady Jane ihrem Sohn dorthin gefolgt war, um ihn dazu zu bewegen, ihr einen Heiratsantrag zu machen.

Sie konnte unmöglich müßig bleiben und erlauben, daß dies geschah. Sie mußte versuchen, dieser unpassenden Verbindung ein Ende zu bereiten. Deshalb war sie gegen den Willen ihres Gatten überstürzt nach Wales aufgebrochen.

»Was plagt dich, daß ich dich besuchen sollte?« fragte sie leichthin, obwohl ihr das Herz schwer war. Kam sie etwa zu spät um einzugreifen? Hatte Dana dieser entsetzlichen Frau schon einen Heiratsantrag gemacht?

Lord Dana beobachtete, wie eine Vielfalt einander sich widersprechender Gefühle sich in der Miene seiner Mutter spiegelte. Er sah, daß sie erregt war, aber er wußte nicht weshalb.

»Mama, warum erzählst du mir nicht, was dich quält?« sagte er sanft.

Lady Theresa ergriff seinen Arm und versuchte ruhig zu sprechen. »Wo ist sie, Dana? Guter Gott, bitte sage mir, daß ich nicht zu spät gekommen bin. Ich hätte nie gedacht, daß du dich von einer Frau so betören läßt. Die Falle, in die du geraten bist, ist wesentlich schlimmer als das Duell.«

Lord Danas Erstaunen wuchs. Über was für eine Falle sprach seine Mutter? Meinte sie Miß Williams' Plan, ihr bei der Einrichtung des Waisenhauses behilflich zu sein? Aber das ergab keinen Sinn, denn seine Mutter hatte Miß Williams bis jetzt gar nicht kennengelernt, und sie hatte den Brief noch nicht erhalten, in dem er ihr seine Bitte vortrug, sie möge Miß Williams helfen.

Etwas viel Ernsteres mußte seine Mutter beunruhigen. Er führte sie liebevoll die Treppe hinauf in die Halle und dann in den kleinen Grünen Salon. Dort ließ er sie auf einer Chaiselongue Platz nehmen.

»Mama, ich verstehe deine Aufregung nicht. Aber ehe wir dieses Gespräch fortsetzen, bestelle ich Tee für dich. Bitte entschuldige mich einen Augenblick.«

Er ging hinaus und winkte einen der wartenden Diener zu sich.

»Charles, sorge dafür, daß Mrs. Owens das rosarote Zimmer für meine Mutter richtet und im Salon Erfrischungen serviert werden. Sagen Sie Sir Larry, er möge mich bitte bei Lady Casper entschuldigen. Ich kann heute nicht zu ihr zum Abendessen kommen. Danach findest du mich in meinem Arbeitszimmer. Ich will rasch ein paar Zeilen schreiben, die in Mrs. Perkins' Haus in Caerleon abgegeben werden müssen.«

Der Diener eilte davon, um die Befehle seines Herrn auszuführen, während Lord Dana sein Arbeitszimmer betrat. Er schrieb eine kurze Nachricht an Lady Jane und entschuldigte sich, daß er sie an diesem Tag nicht besuchen könne. Etwas Unvorhergesehenes sei eingetreten, und er bäte darum, seine Entschuldigung anzunehmen, et cetera, et cetera. Er signierte: Varley.

Er hatte die Nachricht zögernd geschrieben, denn im Grunde wollte er sein Zusammentreffen mit Lady Jane nicht verschieben. Nachdem er sich entschieden hatte, wie er die heikle Situation handhaben würde, wollte er das Gespräch so rasch wie möglich hinter sich bringen. Aber er konnte seine Mutter so bald nach ihrer Ankunft nicht allein lassen.

Als Charles in das Zimmer trat, stand Lord Dana auf und gab ihm den Brief.

»Du weißt, wo Mrs. Perkins wohnt?«

»Ja, Mylord. Mein Onkel ist einer ihrer Gärtner. Soll ich auf Antwort warten?«

Lord Dana schüttelte den Kopf. »Das ist nicht notwendig, Charles.«

Er kehrte zu seiner Mutter in den Salon zurück und stellte zu seiner Freude fest, daß sie sich etwas beruhigt hatte.

»Ich sehe, du fühlst dich schon wesentlich wohler, Mama. Willst du mir nun erzählen, was dir Sorgen gemacht hat?«

Lady Theresa stellte vorsichtig die feine Porzellantasse

auf einen Seitentisch und stand auf. Sie ging auf ihren Sohn zu und sah ihn ernst an.

»Sage mir ehrlich, Dana, hast du vor, sie zu heiraten?« fragte sie. »Hast du dieser... dieser... intriganten Frau... einen Heiratsantrag gemacht? Bitte sage mir, daß du dich noch nicht gebunden hast.«

Einen Augenblick flammte Ärger über die Einmischung seiner Mutter in ihm auf. Aber dann begann er plötzlich zu lachen. »Du bist unverbesserlich, Mama! Deine Ängste wegen Lady Jane sind grundlos, auch wenn ich der Meinung bin, daß dich diese Angelegenheit nichts angeht. Schade, daß du deine Energien auf Sorgen verschwendest, die überhaupt nicht existieren.«

»Was ist geschehen?« fragte Lady Theresa eindringlich. »In London kursieren Gerüchte, daß Lady Jane mehreren Kaufleuten erzählt habe, sie könnten von dir die Begleichung ihrer Schulden erwarten, sobald eure Verlobung bekanntgegeben wurde.«

»Es tut mir leid, Mama, daß du einem derartigen Gerede ausgesetzt warst«, sagte Lord Dana ärgerlich. »Und ich bedaure noch mehr, daß du es ernst genommen hast. Nein... nein... bitte laß mich ausreden. Ich bestreite nicht, daß ich von Lady Jane eingenommen war... so sehr, daß ich in der Tat eine Ehe erwogen habe. Aber diese wenigen Tage in Wales genügten, und ich fragte mich, weshalb ich sie eigentlich heiraten wollte. Meine Gefühle ihr gegenüber haben sich grundlegend gewandelt. Ich habe nicht mehr vor, ihr einen Heiratsantrag zu machen. Das ist alles, was ich über dieses Thema sagen möchte. Wie ich diese heikle Angelegenheit regeln werde, darüber möchte ich jetzt nicht sprechen. Dringe nicht weiter in mich. Genügt es zu sagen, daß Lady Janes

Anwesenheit in Wales dir übermorgen keine Sorgen mehr bereiten wird?«

Lady Theresa, die die Männer kannte, war klug genug, nicht weiter nachzufragen. Sie war erleichtert über den Entschluß ihres Sohnes, aber sie war auch bekümmert wegen der Enttäuschung, die er offensichtlich erlebt hatte.

»Und du verzeihst mir meinen überflüssigen Versuch, mich einzumischen?« fragte sie.

Lord Dana nickte. »Gewiß, Mama, ebenso wie ich Larry verziehen habe. Ob du es glaubst oder nicht, er hat mir gestern abend gründlich den Kopf gewaschen. Du wirst dich später ausführlich mit ihm unterhalten können. Er will längere Zeit bei mir bleiben.«

»Larry?« fragte Lady Theresa überrascht. »Er will freiwillig auf die Freuden der Londoner Szene verzichten? Das sieht ihm gar nicht ähnlich. Ich dachte, er ist den Spieltischen bei White's verfallen.«

»Setze dich noch einmal hin, Mama. Ich werde bis zum Lunch brauchen, um dir alles zu erzählen, was vorgefallen ist, seitdem ich in Wales angekommen bin.«

»Dann laß mich dir vorher den Brief deines Vaters geben. Es ist die Antwort auf deine Zeilen über die Reparaturen im Tredegar House seines Mündels.« Während sie sprach, griff sie in ihre Handtasche und zog den Brief heraus. »Lies ihn, während ich mich etwas frisch mache. Danach können wir uns ungestört miteinander unterhalten.«

Nachdem seine Mutter das Zimmer verlassen hatte, las Lord Dana nachdenklich den Brief seines Vaters. Er überflog rasch den Inhalt und runzelte dabei die Stirn. Dann setzte er sich in einen bequemen Armsessel und las sehr aufmerksam, was sein Vater ihm mitzuteilen hatte.

»Dana, unser letztes Gespräch muß wohl überstürzter verlaufen sein, als mir bewußt war. Ich habe offensichtlich die genauen Bedingungen der Verwaltung von Miß Williams' Treuhandvermögen nicht ganz deutlich gemacht. Gemäß dem Testament ihres Vaters kann ich bis zu ihrer Volljährigkeit nicht mehr Geld freigeben, als ich es bereits getan habe, es sei denn, Miß Williams würde vorher heiraten. Sobald eine dieser Bedingungen erfüllt sind, wird sie eine sehr wohlhabende Frau sein. Angesichts dessen mußt du Sorge dafür tragen, daß alle Reparaturen am Tredegar House eingestellt werden. Ich decke selbstverständlich die Ausgaben, die bis jetzt angefallen sind, aus meiner eigenen Tasche. Miß Williams kann mir den Betrag zurückzahlen, wenn sie die von ihrem Vater geforderten Bedingungen erfüllt hat. Bitte überbringe ihr meine Entschuldigung und sage ihr alles, was notwendig ist, um sie von ihren Ängsten zu befreien, sie sei eine Bettlerin.«

Lord Dana las den Brief noch einmal und hoffte, er möge seinen Vater mißverstanden haben. Er wußte genau, wie Miß Williams reagieren würde, wenn er ihr sagte, daß sie im Augenblick kein legales Anrecht hatte, eine große Summe auszugeben, um ihr Besitztum instandzusetzen. Sie würde erst in einem Jahr volljährig, und seines Wissens war kein Verehrer in Sicht, der um ihre Hand anhielt. Es sei denn, man zog Edward Casper in Erwägung, aber Edward war gewiß nicht die richtige Verbindung für sie.

Lord Dana stand auf und ging unruhig im Zimmer auf und ab. In was für eine unangenehme Lage hatte er sie gebracht. Was konnte er tun, um das Problem zu mildern? Er blieb stehen und sah zum Fenster hinaus. Der Blick über den Garten erfüllte ihn normalerweise mit Freude, aber nicht an diesem Tag.

Er sah im Geist Morganas Gesicht vor sich und ihre großen, strahlenden blauen Augen. Guter Gott, würde er diesen Gesichtsausdruck je wieder sehen?

Zwei Wege standen ihm offen, aber keiner von beiden gefiel ihm. Er konnte ihr den schrecklichen Fehler verschweigen, den er gemacht hatte, und weiterhin Reparaturen, die im Tredegar House ausgeführt wurden, aus seiner eigenen Tasche bezahlen. Aber das würde bedeuten, daß er sie anlügen mußte, und das wollte er nicht.

Er konnte ihr aber auch die Wahrheit sagen und ihr das Angebot seines Vaters unterbreiten, daß sie ihm das Geld zurückzahlen konnte, sobald sie die Bedingungen des Testaments erfüllte.

»Ich habe das Gefühl, daß sie alles ablehnen wird, was ich ihr vorschlage«, murmelte er ärgerlich. »Wird sie jemals lernen, daß Stolz vor dem Fall kommt?«

Je länger er über das Problem nachdachte, um so klarer wurde ihm, daß Miß Williams nichts anderes übrig blieb, als seinen Vorschlag anzunehmen und das Geld später zurückzuzahlen, besonders dann, wenn sie Tredegar House in naher Zukunft in ein Waisenhaus umwandeln wollte. Hier konnte seine Mutter sehr hilfreich sein, indem sie ihre einflußreichen Bekannten dazu überredete, Geld für das Waisenhaus zu spenden. Dann wären Morganas unmittelbare finanzielle Sorgen behoben.

Er erwärmte sich für diese Idee, und als seine Mutter wiederkam, zögerte er nicht, ihr von Morgana zu erzählen und weshalb er sie darum bitten wollte, in dieser Angelegenheit zu helfen.

Lady Theresa gab der Bitte ihres Sohnes lächelnd ihr

Einverständnis. Sie freute sich darüber, daß Dana daran gedacht hatte, ihre Hilfe in einer so lohnenden Sache zu erbitten. Miß Williams schien eine interessante Person zu sein. Vielleicht ein wenig eigenwillig, aber was konnte man schon anderes erwarten, wenn man ihre Lebensumstände während des letzten Jahres berücksichtigte.

Es wäre eine Herausforderung, Damen wie Lady Jersey dazu zu überreden, Geld für ein Waisenhaus zu spenden. Sie war vor allem deshalb bereit, diese Aufgabe zu übernehmen, weil es ihres Wissens das erste Mal war, daß ihr Sohn sich für eine gemeinnützige Aufgabe einsetzte.

»Wann kann ich dieses Muster an Tugend kennenlernen?« fragte sie ihren Sohn.

»Ich reite nach dem Lunch hinüber und werde sie zum Tee einladen, wenn es dir recht ist.«

»Ich glaube, das würde mir gefallen«, antwortete sie.

Lady Jane las Lord Danas Brief. Dann zerknüllte sie ihn und schleuderte ihn gegen die Wand des Boudoirs. Wie konnte er sich unterstehen, sie in einer so hinterwäldlerischen Gegend allein zu lassen? Es gab nichts als Land in den Händen einer bäuerischen Junkerschaft, gesprenkelt mit langweiligen Marktflecken und einigen Gruben in der Nähe von Steinbruchdörfern. Caerleon gehörte zur ersteren Kategorie, und der Herr allein wußte, was Newport zu sein behauptete.

Sie ging im Zimmer auf und ab und dachte darüber nach, was sie tun konnte, um Lord Dana zu zeigen, daß sie nicht die Absicht hatte, ruhig in Caerleon zu sitzen und wie ein hungriger Hund auf ein paar Bissen zu warten, die er in ihre Richtung zu werfen geruhte.

Sie setzte sich an den Schreibtisch und schrieb in ihrer

krakeligen Handschrift eine kurze Nachricht an Edward Casper. Wenn er morgen zufällig in der Nachbarschaft wäre, würde sie sich freuen, ihn zu empfangen.

Das würde Lord Dana zeigen, daß er einen Fehler begangen hatte, als er sie so hochmütig behandelte. Wenn er morgen vorbeikäme, wäre sie ausgegangen.

13. Kapitel

Morgana hatte reichlich Zeit zum Nachdenken, als sie die Blumenbeete vor dem Haupteingang von Tredegar House jätete. Ihr langes, schwarzes Haar, das sich aus den Nadeln gelöst hatte, fiel ihr lose über die Schultern. Ihr Hut, mit dem sie ihren Kopf vor der Sonne hatte schützen wollen, lag schon lange in einiger Entfernung auf den Pflastersteinen. Das einfache, braune Leinenkleid, das sie für die Gartenarbeit angezogen hatte, war altmodisch. Es war ihr zu eng geworden und enthüllte mehr von ihrer Figur als schicklich war.

Madame Tussaud war auf dem Weg zum Tredegar House, als sie Morgana sah. Sie blieb stehen, um sie tüchtig auszuschelten.

»Sie sehen wie eine Straßengöre aus, Morgana! Selbst ein Dienstmädchen würde sich weigern, so ein Kleid anzuziehen. Es steht Ihnen überhaupt nicht.«

Morgana lachte. »Wäre es Ihnen lieber, wenn ich bis morgen auf meine Garderobe von der Schneiderin warte? Dann könnte ich nach der neuesten Mode gekleidet meine Gartenarbeit verrichten.«

»Seien Sie nicht töricht!« beschwerte sich Madame Tussaud. »So habe ich es nicht gemeint, und das wissen Sie genau. Sie sind viel zu erwachsen, um Kleider zu tragen, die Ihnen nicht mehr passen.«

»Vielleicht. Aber ich sehe nicht ein, weshalb ich nur Sachen tragen soll, die mir stehen, wenn ich zwischen den Blumenbeeten herumkrieche. Alles, was ich anziehe, wird dabei sehr schmutzig, und ich erwarte ja keinen Besuch.«

»Man soll sich nicht für die Besucher anziehen, Morgana, sondern für sich selbst.«

Morgana lachte. »Genau das tue ich, Madame Tussaud.«

Madame Tussaud runzelte mißbilligend die Stirn und ging ins Haus. Sie wußte, daß es Zeitvergeudung war, weiter mit Morgana über dieses Thema zu streiten.

Morgana setzte zufrieden ihre Arbeit fort. Dabei schweiften ihre Gedanken zu Lord Dana und Lady Jane. Je eher er die Gegend hier verließ, desto besser wäre es für ihren Seelenfrieden, überlegte sie. Noch nie zuvor war sie von einem Mann so beeindruckt gewesen. Er brachte es fertig, sie zu erzürnen, aber in wenigen Augenblicken auch zum Lachen zu bringen.

Sie richtete sich auf und streckte sich. Unkraut jäten ist eine schmerzhafte Arbeit, dachte sie. Sie schätzte es nicht besonders. Aber immerhin war das Ergebnis ihrer Mühen befriedigend. Sie blickte kritisch auf das Blumenmuster, das sie an diesem Tag angelegt hatte, und nickte beifällig. Die Wirkung, die sie erzielt hatte, gefiel ihr. Sie war so in ihre Arbeit vertieft, daß Mr. Llewellyns Stimme sie aus ihren Gedanken aufschreckte.

»Ah, Miß Williams! Ich habe Sie gesucht. Die Arbeiter haben das undichte Dach repariert. Wenn es Ihnen recht ist, schicke ich sie für heute nach Hause. Sie können dann morgen mit dem Anstreichen beginnen.«

»Sie haben ein Wunder vollbracht, Mr. Llewellyn«, sagte Morgana lächelnd. »In meinen kühnsten Träumen hätte ich nicht gedacht, daß die Arbeiten so rasch ausgeführt würden. Ich werde mit Lord Dana sprechen, aber wenn er zustimmt, würde ich gern jedem Mann einen Extralohn bezahlen, weil sie so flink gearbeitet haben.«

»Das ist sehr großzügig von Ihnen, Miß Williams. Ich weiß, die Männer werden diese Geste zu würdigen wissen.«

Morgana nickte. »Ich werde mich mit Lord Dana beraten, wenn ich ihn das nächste Mal sehe und... und dies wird sofort geschehen«, fügte sie hinzu, als sie Lord Dana die Einfahrt heraufreiten sah.

Mr. Llewellyn blickte sich um und empfing seinen Herrn mit einem lässigen Gruß. Er nahm die Zügel, als Lord Dana vom Pferd stieg.

»Guten Tag, Mr. Llewellyn. Ist alles in Ordnung?«

»Guten Tag, M'Lord, hier steht alles zum Besten. Ich habe Miß Williams eben gesagt, daß wir mit der Reparatur des Daches fertig sind. Morgen beginnen wir mit den Malerarbeiten.«

Lord Dana machte ein nachdenkliches Gesicht, und dann nickte er. »Lassen Sie die Männer beim ersten Tageslicht anfangen. Sie sollen die Arbeit so rasch wie möglich zu Ende bringen, denn sie müssen später am Tag einiges zu Hause erledigen. Bitte entschuldigen Sie mich jetzt, ich muß etwas mit Miß Williams besprechen.«

Mr. Llewellyn verbeugte sich kurz und zog sich zurück. Er sah Lord Danas ernste Miene und spürte instinktiv, daß dies nichts Gutes für Miß Williams bedeuten konnte.

Nun, da der Augenblick gekommen war, Morgana die unangenehme Wahrheit zu unterbreiten, zögerte Lord Dana. Zum ersten Mal, seitdem er sie kannte, sah sie sorglos und glücklich aus. Selbst in ihrem schäbigen, altmodischen Kleid wirkte sie beinahe strahlend. Er wollte nicht derjenige sein, der dies verdarb. Er hielt inne und holte tief Luft.

Morgana, die nichts von den Gefühlen ahnte, die in ihm miteinander stritten, lächelte ihn an.

»Sie sind genau derjenige, den ich sprechen wollte«, sagte sie und zog dabei ihre Gartenhandschuhe aus. Sie wischte sich die Hände an ihrem Rock ab, um sich die Handflächen zu trocknen. Plötzlich wurde ihr bewußt, daß sie schmutzige Fingernägel hatte und Erde an ihrem Kleid haftete. Was für ein schreckliches Bild mußte sie bieten.

»Und Sie sind genau diejenige, wegen der ich herkam, Miß Williams. Können wir kurz unter vier Augen miteinander sprechen?«

Morgana blickte sich um und deutete auf den alten Rosengarten. »Dort wird uns niemand stören. Gibt es etwas Neues?«

Lord Dana nahm sie am Arm und führte sie in den verwilderten Garten.

»Es sieht so aus, als hätte ich einen schrecklichen Fehler begangen«, erwiderte er, nachdem sie sich auf eine Gartenbank gesetzt hatte, die von Unkraut fast überwuchert war.

»Als ich Ihnen sagte, mein Vater würde Ihnen das Geld für die Instandsetzungsarbeiten im Tredegar House aus Ihrem Erbe überweisen, war ich ein wenig voreilig. Mein Vater darf nach den Testamentsbedingungen keine Gelder freigeben, bis Sie volljährig oder verheiratet sind.«

Morgana sah ihn einen Augenblick verständnislos an.

»Wollen Sie damit sagen, daß mir das Geld, das während der letzten Tage für die Reparaturen ausgegeben wurde, nicht zustand?«

Lord Dana nickte. »Leider ja, Miß Williams. Ich muß mich bei Ihnen entschuldigen. Ich habe meinen Vater mißverstanden. Ich wußte nicht, daß Ihr Geld nicht sofort zur Verfügung stand.«

»Wessen Geld habe ich dann ausgegeben?«

Morgana war blaß geworden. Nur die Knöchel an ihren Händen, mit denen sie die Gartenbank umfaßte, zeigten ein wenig Farbe.

»Man könnte sagen, Sie haben mein Geld ausgegeben.«

»Du lieber Himmel!« Morgana stand auf und ging erregt hin und her.

»Aber Sie sagten doch...« Als Tränen in ihre Augen traten, wischte sie sie ungeduldig weg und hinterließ dabei eine Schmutzspur auf ihren Wangen.

Lord Dana stand hilflos dabei. Wegen seiner Unbesonnenheit hatte er ihr enorme Schulden aufgeladen, Schulden, die sie frühestens in einem Jahr zurückzahlen konnte, sofern sie nicht vorher heiratete.

Nach einigen Minuten fand Morgana ihre Selbstbeherrschung wieder. »Haben Sie eine Ahnung, wieviel ich Ihnen schulde?« fragte sie und ihre Stimme zitterte ein wenig.

Lord Dana schüttelte den Kopf. »Im Augenblick nicht. Ich habe den Brief meines Vaters eben erst erhalten und kam sofort herüber, um Sie von der Situation zu unterrichten. Sagen Sie mir, Miß Williams, gibt es jemanden, den Sie eventuell heiraten wollen? Ich weiß, es geht mich nichts an. Aber wenn Sie diese Klausel im Testament Ihres Vaters erfüllen, könnten Sie sofort über das Geld verfügen.«

Morgana schüttelte den Kopf. »Edward ist der einzige,

den ich kenne«, sagte sie hilflos. »Aber er hat den Kopf voller Pläne für seine Rückkehr nach China.«

»Es bräuchte nur eine Vernunftehe zu sein, Miß Williams«, sagte er vorsichtig.

Morgana zuckte zusammen, als wäre sie geschlagen worden. Dann schüttelte sie heftig den Kopf. »Eine Vernunftehe mit Edward? Ich glaube kaum, daß er einen solchen Vorschlag auch nur erwägen würde. Ich selbst würde nicht im Traum daran denken, ihn darum zu bitten. Und selbst wenn ich es täte, wer sollte sich um Tante Matty kümmern, wenn ich in China wäre?«

Die Tränen stiegen ihr wieder in die Augen, und sie wischte sie ungeduldig weg.

»Miß Williams«, sagte Lord Dana schließlich und zwang sie stehenzubleiben, indem er ihr in den Weg trat. »Ist es wirklich so schrecklich, wenn ich die Schuldscheine in einem Jahr einlöse, sobald Sie volljährig sind?« Er ergriff ihre Hände. »Bitte sehen Sie mich an, Miß Williams.«

Langsam blickte Morgana zu ihm auf. Sie bemerkte nicht, daß er ihre Finger sanft liebkoste. Sie nahm nur die tiefe Sorge in seinen Augen wahr und zweifelte die Aufrichtigkeit seiner Worte nicht an. Es war ihr unmöglich, klar zu denken, wenn sie ihn ansah.

Lord Dana ließ sich nicht abweisen. Er hob ihr Kinn an und zwang sie dazu, ihm in die Augen zu sehen. Ohne nachzudenken strich er mit dem Finger über die Schmutzspur auf ihrer Wange.

Morgana lehnte sich an ihn, und einen Augenblick lang überkam sie Freude. Sie lächelte ihn schüchtern an.

Er holte tief Luft, und Morgana spürte, wie er ihre Taille enger umfaßte. Sie versuchte nicht, sich aus seiner Umarmung zu befreien, sondern schlang ihm die Arme um den

Hals. Seine Lippen liebkosten ihre Wange und dann ihren Mund. Aufgewühlt durch seine Berührung gab sie sich dem Augenblick der Erregung hin.

Dann brach Madame Tussauds Stimme den Bann.

Rasch löste sich Morgana von ihm und murmelte: »Ich weiß nicht, was über mich gekommen ist. Entschuldigen Sie bitte.«

Er antwortete ihr nicht sofort, sondern blickte auf sie hinab, und ein kleines Lächeln spielte auf seinen Lippen. »Ich glaube, ich sollte mich bei Ihnen entschuldigen, Miß Williams, und Sie für alle Unannehmlichkeiten, die ich Ihnen bereitet habe, um Verzeihung bitten.«

Morgana blickte ihm kurz in die Augen, ehe sie verwirrt zur Seite sah.

Er war nicht im mindesten befangen. Aber sie war verwirrt über das, was eben geschehen war. Sie wußte nur, daß sie einen Augenblick lang ein Gefühl überwältigender Freude und Glückseligkeit empfunden hatte. Es war ihr vorgekommen, als wären alle Probleme, vor denen sie seit dem Tod ihres Vaters stand, gelöst.

»Sie brauchen sich nicht zu entschuldigen, Lord Dana«, sagte sie. »Ich glaube, der Schock über die Neuigkeit raubte mir kurz den Verstand. Aber um auf Ihre erste Frage zurückzukommen, ob es so schrecklich für mich wäre, ein Jahr lang in Ihrer Schuld zu sehen, Mylord – ich glaube, es wäre höchst unschicklich, Ihnen verpflichtet zu sein. Ich habe seit dem Tod meines Vaters gelernt, realistisch zu sein, und ich kann Ihnen das Geld erst dann zurückzahlen, wenn ich im Besitz meines Erbes bin.«

Er sah sie bewundernd an. Niemand, den er kannte, mit Ausnahme seiner Mutter, würde das Unausweichliche mit einer solchen Grazie hinnehmen. Sein Verlangen, sie wieder in die Arme zu nehmen, wurde stärker, und er hielt sich nur mit Mühe zurück.

»Ich möchte Sie bitten, es niemals so zu sehen, als wären Sie mir verpflichtet, Miß Williams. Die Schulden habe ich gemacht, nicht Sie! Wenn überhaupt eine Schuld beglichen werden muß, dann sollte ich das tun.«

Morgana sah ihn fragend an. »Das sehe ich nicht ein, Lord Dana. Dies ist mein Haus und...«

Sie unterbrach sich, denn wie sollte sie ihm sagen, daß auch ihre Garderobe auf seine Kosten angefertigt wurde. Sie errötete, als sie daran dachte, daß er auch für ihre Ausgaben bei der Schneiderin würde aufkommen müssen.

»...und was noch, Miß Williams?«

Morgana lachte unsicher. »Ich wollte eben sagen, daß nicht nur mein Haus Kosten verursacht hat, sondern auch meine Garderobe... Das Problem besteht darin, daß ich die Rechnung der Schneiderin noch nicht erhalten habe...«

Lord Dana warf den Kopf zurück und lachte schallend. Diese junge Dame war ein Diamant reinster Güte. Seine Bewunderung für sie wuchs. Er mußte daran denken, wieviel Lady Janes Garderobe ihn gekostet hatte. »Es ist nicht das erste Mal, daß ich für den Flitterkram einer Dame aufkomme«, sagte er immer noch lachend.

»Ich glaube nicht, daß mich das etwas angeht«, sagte Morgana vorwurfsvoll. Aber ihr Lächeln milderte den Ernst ihrer Worte. Sie wußte, daß sie über seine Äußerung eigentlich hätte schockiert sein müssen, aber die komische Seite ihrer Notlage war allzu offensichtlich.

Lachend wie zwei Kinder, die ihrer Nanny einen Streich gespielt hatten, traf Madame Tussaud sie ein paar Minuten später an.

Sie blieb bewundernd stehen und dachte, was für ein schönes Paar sie waren und wie gut sie zueinander paßten.

Sie wollte sich rasch zurückziehen, ehe die beiden sie bemerkten, aber sie stieß mit dem Absatz an einen Stein, und Morgana drehte sich um.

»Madame Tussaud! Vor ein paar Minuten hörte ich Sie rufen. Wollten Sie mich sprechen?«

»Non, ma cherie, es war nichts von Bedeutung. Eigentlich suche ich Mr. Llewellyn. Eine Wachsfigur soll an Ort und Stelle gebracht werden, und ich brauche dafür ein paar von seinen Arbeitern. Bitte entschuldigen Sie mich.«

Sie entfernte sich rasch und hoffte, daß sie die glückliche Stimmung des Paares nicht gestört hatte.

Zu Lord Danas Bedauern hatte Madame Tussauds Auftritt Morgana wieder ernüchtert. Sie zog sich in sich selbst zurück, und Lord Dana wußte instinktiv, daß sie eine Weile allein sein mußte, um über alles nachzudenken, was er gesagt hatte.

»Ich möchte mich jetzt verabschieden, Miß Williams«, sagte er. »Aber vorher möchte ich Ihnen noch die Einladung meiner Mutter übermitteln, später an diesem Nachmittag zum Tee zu ihr hinüberzukommen.«

»Ihre Mutter?« fragte Morgana überrascht. »Ich wußte nicht, daß sie hier ist.«

»Sie kam heute früh an. Ich erzählte ihr, daß Sie das Tredegar House in ein Waisenhaus verwandeln wollen, und sie ...«

»Das haben Sie getan?« fragte Morgana ungläubig. »Als ich bei unserer ersten Begegnung mit Ihnen darüber sprechen wollte, sagten Sie, es interessiere Sie nicht.«

Lord Dana nickte bekümmert. »Mir ist später bewußt

geworden, wie unhöflich ich bei unserer ersten Begegnung zu Ihnen war, Miß Williams. Madame Tussaud und Mr. Llewellyn erzählten mir von Ihren Plänen, und ich bat meine Mutter, sich für Ihr Vorhaben einzusetzen.«

»Aber meine Angelegenheiten interessieren doch sicher nicht Ihre Mutter?«

»Meine Mutter widmet wohltätigen Zwecken viel Zeit und Energie, Miß Williams. Ein Waisenhaus, so wie Sie es sich vorstellen, ist genau die Art von Wohltätigkeit, die sie gern unterstützt. Wenn meine Mutter Schutzherrin Ihres Hauses wird, können Sie des Erfolgs sicher sein. Wo wollen Sie die Kinder unterbringen, wenn sie alt genug sind, um Tredegar House zu verlassen?«

»Soweit bin ich mit meinen Planungen noch nicht. Und bei den Neuigkeiten, die Sie mir eben mitgeteilt haben, sehe ich keinen Sinn darin, überhaupt etwas zu planen.«

»So kleinmütig, Miß Williams?« schalt er sie sanft. »Nur weil Sie einen vorübergehenden finanziellen Rückschlag erlitten haben, müssen Sie doch nicht Ihre Träume aufgeben. Ist es Ihnen noch nicht in den Sinn gekommen, daß Sie das Geld anderer Leute benützen können? Meine Mutter ist eine Expertin darin, ihre Bekannten zu überreden, Geld für wohltätige Zwecke zu stiften. Sie ist in dieser Hinsicht ein wenig zynisch und wird Ihnen offen sagen, daß ihre Bekannten ihr nicht ungern helfen, weil dies ihr soziales Gewissen besänftigt.«

Morgana mußte darüber lächeln. »Wirklich zynisch, Mylord«, stimmte sie nachdenklich zu.

»Darf ich meiner Mutter sagen, daß sie Sie zum Tee erwarten kann, Miß Williams?«

Morgana nickte. »Vielen Dank. Ich komme gern.«

»Gut. Ich schicke um vier Uhr meine Kutsche herüber.«

»Das ist nicht nötig, Mylord. Ich kann allein hinüberfahren.«

»Es macht keine Umstände, Miß Williams. Und meine Mutter würde mich für unhöflich halten, wenn sie erführe, daß ich Ihnen erlaubt habe, ohne Begleitung zu uns herüberzukommen.«

»Aber das tue ich doch immer, und niemand denkt sich etwas dabei, Mylord.«

»Und wenn ich Sie bitte, mir dieses eine Mal diesen Gefallen zu tun?«

»Dann kann ich es unmöglich ablehnen. Ich freue mich auf Ihre Kutsche.«

Lord Dana beugte sich über ihre Hand und ging.

Morgana blieb noch eine Weile im Rosengarten sitzen und versuchte, ihre Gedanken zu ordnen. Aber sie konnte nur an seine Lippen denken, die die ihren berührt hatten. Weshalb um alles in der Welt hatte sie ihm dies erlaubt?

14. Kapitel

Lady Theresa entsprach keineswegs dem Bild, das Morgana sich von ihr gemacht hatte. Sie hatte nichts Matronenhaftes an sich und sah eigentlich viel zu jung aus, um Lord Danas Mutter zu sein. Die Taille ihres eleganten, hellrosaroten Seidenkleides war hoch unter ihren Brüsten angesetzt, und ihren Hals schmückte eine Saphirkette, die zu ihrer Augenfarbe paßte. Das immer noch goldene Haar war zu einem französischen Knoten zusammengesteckt, der anderen Frauen ein strenges Aussehen verliehen hätte, bei Lady Theresa aber nur die Schönheit ihrer feingeschnittenen Wangenknochen betonte. Die Herzlichkeit, mit der sie Morgana begrüßte, kam für diese völlig unerwartet, und trotz ihrer Anspannung reagierte Morgana mit ebensolcher Herzlichkeit.

»Meine liebe junge Dame, ich kann Ihnen gar nicht sagen, wie sehr ich mich freue, Ihre Bekanntschaft zu machen. Dana hat mir viel von Ihnen erzählt und darüber, was Sie vorhaben. Es ist bewundernswert, wirklich bewundernswert.«

»Er hat es nicht von mir erfahren«, sagte Morgana rasch. Sie wollte nicht, daß Lady Theresa glaubte, sie sei mit der Mütze in der Hand zu ihrem Sohn gegangen und habe Hilfe erbeten.

»Das sagte er mir. Er erzählte mir auch, daß er bei Ihrer ersten Begegnung nicht sehr freundlich zu Ihnen war und daß es ihm jetzt sehr leid tut. Er ist manchmal etwas gedankenlos. Bitte nehmen Sie Platz. Es gibt so vieles, worüber wir sprechen müssen. Ich möchte alles über Madame Tussaud und über Ihre Pläne für das Tredegar House erfahren.«

»Madame Tussaud?« fragte Morgana erstaunt. »Sie hat mit dem Waisenhaus nichts zu tun.«

Lady Theresa nickte. »Ich weiß. Aber ich bewundere ihre Arbeit, und ich freue mich sehr, sie persönlich kennenzulernen. Dana sagt, sie könnte mir vielleicht ein paar Stunden in der Kunst des Kolorierens geben.«

»Sie ist sehr talentiert, und ihre Hingabe an ihre Arbeit ist bemerkenswert«, erwiderte Morgana. »Madame Tussaud war ein großer Ansporn für mich.«

»Das kann ich mir gut vorstellen. Ich habe die unglaublichsten Geschichten über ihren Tatendrang und ihre Energie gehört. Dana glaubt, es wäre interessant für mich, einige der Techniken zu lernen, die sie anwendet.«

Morgana lachte. »Sie wird sich freuen, Sie kennenzulernen. Leider bin ich auf dem Gebiet der Kunst ein Laie und verstehe kein Wort, wenn sie erklärt, wie sie ihre Effekte erzielt. Deshalb kann ich ihre Künste auch nicht in dem Maße würdigen, wie ich eigentlich sollte.«

Lady Theresa beugte sich vor. »Aber Sie haben ihr etwas von größerem Wert gegeben, meine Liebe. Macht es Ihnen etwas aus, wenn ich Sie Morgana nenne?«

Morgana schüttelte den Kopf.

»Ja, Morgana, etwas von größerem Wert«, wiederholte Lady Theresa. »Sie haben ihr den idealen Rahmen für ihre Ausstellung gegeben, die bei allen Besuchern sicherlich einen dauerhaften Eindruck hinterlassen wird. Das ist das größte Geschenk, das man einem Künstler machen kann.«

Morgana lächelte. Lady Theresa hatte gewiß eine Vorliebe für das Dramatische. Sie selbst hatte ihr Angebot an Madame Tussaud nicht in diesem Licht gesehen.

»Ihr Haus... wie heißt es doch gleich?«

»Tredegar House«, sagte Morgana.

»Ganz recht. Dana erzählte mir von Ihren Plänen, und es klingt ganz wunderbar. Ich möchte Ihnen gerne meine Hilfe anbieten.«

Morgana machte ein nachdenkliches Gesicht. Bis zu diesem Augenblick hatte sie fest vorgehabt, jedes Hilfsangebot von Lady Theresa abzulehnen, weil sie so viel Abstand wie möglich zwischen sich und Lord Danas Familie legen wollte. Sie glaubte, dies sei für ihren eigenen Seelenfrieden nötig. Je weniger sie mit Lord Dana zu tun hatte, um so besser wäre es für sie. Aber als sie nun die Entschlossenheit in Lady Theresas Augen sah, spürte sie, daß Lord Danas Mutter nicht so leicht beiseite zu schieben war.

»Morgana, ich verstehe gut, wie sehr es Sie bedrücken muß, bei meinem Sohn verschuldet zu sein. Aber dies darf Sie in Ihren Plänen für das Waisenhaus nicht beirren. Bedenken Sie, wie viele Kinder leiden würden, wenn Sie Ihr Vorhaben verschieben würden, nur weil Ihnen ein paar Guineen fehlen.«

Morgana nickte zustimmend. »Ich weiß, Lady Theresa. Ich habe kaum an etwas anderes gedacht, seitdem Lord Dana mich heute nachmittag verließ. Und doch zögere ich. So vieles ist notwendig – Betten, Wäsche, Personal. Ich fühle mich damit ein wenig überfordert.« Sie hielt inne, als die Tür des Salons aufging und ein Diener eintrat.

»Lady Casper ist eben eingetroffen und möchte gern Ihre Bekanntschaft machen«, sagte er ehrerbietig.

»Lady Casper?« fragte Lady Theresa erstaunte. »Ich kenne sie nicht.«

Bilder einer eleganten, weltgewandten Dame stiegen vor ihr auf. Hatte ihr Sohn in so kurzer Zeit eine neue Liebschaft begonnen? Lady Theresas Bestürzung legte sich, als Morgana ihr erklärte, wer Lady Isabel Casper war.

»Schicken Sie sie sofort herein. Ich möchte wissen, worum es geht.«

Morgana stand auf und wollte sich verabschieden, aber Lady Theresa bedeutete ihr, sie möge wieder Platz nehmen.

»Bitte bleiben Sie, Morgana. Wir müssen unser Gespräch unbedingt noch fortsetzen.«

Lady Isabel rauschte im Kielwasser des Dieners ins Zimmer, wobei ihre weiten Röcke raschelten. Ein Ausdruck äußerster Erregung lag auf ihrem rundlichen Gesicht. Er wurde jedoch durch ein warmes Lächeln ersetzt, als sie Morgana sah. Entschlossen wandte sie sich an Lady Theresa und bat diese um Verzeihung für ihren überraschenden Besuch.

»Eigentlich wollte ich Lord Danas Rat einholen«, sagte sie. »Aber als ich hörte, daß Sie hier sind, dachte ich mir, daß Sie mir genausogut helfen können. Nun sehe ich, Sie haben Besuch. Darf ich morgen vorbeikommen, oder noch besser, später an diesem Nachmittag? Ich muß unbedingt über einen Freund von Lord Dana mit Ihnen sprechen.«

Lady Theresa kam es vor, als fege ein Wirbelsturm durch das Zimmer. »Bitte setzen Sie sich, Lady Isabel. Darf ich Ihnen eine Tasse Tee anbieten?«

Lady Isabel ließ sich nicht lange bitten und setzte sich neben Morgana auf das Sofa, lehnte aber den Tee ab.

Theatralisch wandte sie sich an Morgana und verkündete, daß Sir Larry um Angeliques Hand angehalten hatte.

»Er möchte Angelique heiraten und sie nach China mitnehmen. Was soll ich nur tun? Angelique will nun nicht mehr debütieren. Sie spricht über nichts anderes mehr als über die Rückkehr nach China mit dem Mann, den sie liebt.«

Morgana ergriff Lady Isabels Hand. »Machen Sie sich keine Sorgen. Angelique wird es sich bestimmt noch einmal überlegen.«

Lady Isabel schüttelte den Kopf und machte ein trauriges Gesicht. »Dieses Mal nicht, Morgana. Dieses Mal nicht! Sie sagt, daß sie ihn liebt. Sie will mit ihm bis ans Ende der Welt gehen, wenn er sie darum bitten sollte.«

Lady Theresas diskretes Husten erinnerte Lady Isabel daran, wo sie war. Sie wandte sich entschuldigend an ihre Gastgeberin.

»Sie müssen glauben, wir in Wales seien alle Wirrköpfe!« rief sie. »Aber meine Nerven sind wirklich in einem traurigen Zustand. Ich weiß, ich benehme mich unvernünftig. Aber Sie als Mutter werden meine Qualen verstehen, wenn mein jüngstes, teuerstes Kind von einem wildfremden Mann aus dem Haus geholt wird!«

»Ich fühle ganz mit Ihnen, Lady Isabel«, erwiderte Lady Theresa. Ihre Miene war zwar ernst, aber sie zwinkerte Morgana während Lady Isabels dramatischem Ausbruch zu. »Obwohl ich keine Tochter habe, kann ich mir gut vorstellen, wie Ihnen zumute ist. Aber ich verstehe nicht ganz, was Sie mir sagen wollen.«

»Bitte erzählen Sie mir alles, was Sie über Sir Larry wissen. Er hat mit Edward in Cambridge studiert – Edward ist mein Sohn –, und dies allein reicht aus, um meine Nerven zu zermürben.«

»Edward war in Cambridge offenbar sehr wild und wäre ein paar Mal fast hinausgeworfen worden«, erklärte Morgana.

»So sind junge Männer gewöhnlich«, bemerkte Lady Theresa. »Manchmal scheint es eine Ewigkeit zu dauern, bis sie zur Vernunft kommen«, fügte sie hinzu, als sie an ihren eigenen Sohn dachte. Sie hatte schon langsam die Hoffnung aufgegeben, daß er sich jemals für etwas anderes als für das Spiel interessieren würde. Als er über Morganas Waisenhaus gesprochen hatte, war dies seit langer Zeit das erste Mal, daß er für etwas anderes Interesse zeigte als für Karten.

»Sie wollen etwas über Sir Larry erfahren? Nun, Lady Isabel, ich kenne ihn seit vielen Jahren«, fuhr sie fort. »Seine Herkunft ist untadelig. Seine Eltern kommen nur selten nach London. Sie leben lieber auf dem Land. Seine Schwester hat letztes Jahr geheiratet. Wenn sein Vater stirbt, wird er einen riesigen Besitz in Cornwall erben. Im Augenblick lebt er von einem Treuhandvermögen, das von seiner Mutter für ihn ausgesetzt wurde.«

Lady Isabel schüttelte traurig den Kopf. »Das ist nicht der Grund, weshalb ich besorgt bin, Lady Theresa. Es ist die Art und Weise, wie er bisher sein Leben geführt hat. Ich hörte, er sei dem Spiel verfallen.«

Lady Theresa suchte nach passenden, beruhigenden Worten, fand aber keine. Sir Larry war wie ihr Sohn ein liederlicher junger Mann, dessen Leben bis jetzt ziellos gewesen war.

In diesem Augenblick trug Morgana etwas zur Beruhigung Lady Isabels bei, als sie erwähnte, was Lord Dana ihr kürzlich erst erzählt hatte. »Sir Larry will in den Auswärtigen Dienst eintreten. Bisher hatte sein Vater ihm dies verweigert. Lord Dana ist davon überzeugt, daß Sir Larrys Vater seine Einwendungen zurückziehen wird, wenn Sir Larry verheiratet ist.«

»Ja, er erwähnte etwas in dieser Richtung auch gegenüber Sir Walter«, gab Lady Isabel zu. »Aber das überzeugt mich nicht davon, daß er auch in angemessener Weise für Angelique sorgen wird. Wie, wenn er sie in einem fremden Land verläßt? Wer kümmert sich dann um Angelique?«

Lady Theresa schüttelte den Kopf. »Ich kann Ihnen versichern, Sir Larry ist ein treuer Mensch. Er war nie ein Schürzenjäger, und wenn er gegenüber Ihrer Tochter seine Absichten erklärt hat, nehme ich an, daß er aufrichtig den Wunsch hat, seinen bisherigen Lebensstil aufzugeben.«

»Und wie steht es mit Edward, Lady Isabel?« fragte Morgana. »Denkt er nicht ebenfalls daran, nach China zurückzukehren?«

»Nun ja. Aber ich kann nicht erwarten, daß er sich um Angelique kümmert. Wenn ... wenn sie diesen Mann heiratet, dann muß er für sie sorgen. Morgana, Sie kennen Angelique. Sie weiß nie, was sie will. Sie ist viel zu jung für eine Ehe. Während der letzten Monate hat sie den größten Teil ihrer Zeit damit verbracht, sich in jeden Mann zu verlieben, der ihr über den Weg gelaufen ist.«

Morgana lachte. »Sie hat sich allerdings in die Stimme ihres Musiklehrers verliebt. Und sie war geschmeichelt, als ihr Kunsterzieher entzückende Skizzen von ihr zeichnete. Aber ich glaube nicht, daß sie sich in jeden Mann verliebte. Ich war zufällig dabei, als Angelique Sir Larry kennenlernte. Ich kann Ihnen versichern, daß sie beide vom ersten Augenblick an sehr voneinander eingenommen waren. Es war eine unglaubliche Begegnung, und es wundert mich nicht im geringsten, daß Angelique nun nicht mehr an ihrem Debüt interessiert ist.«

Lady Isabel schob nervös ihre Finger ineinander. »Ich weiß, ich weiß. Angelique hat mir alles über diese Begegnung im Garten des Gasthauses erzählt. Aber ich hatte so hochgesteckte Hoffnungen für sie. Ich wollte, daß sie eine Weile den gesellschaftlichen Trubel in London genießt und eine bekannte Modeschöpferin für sie eine neue Garderobe kreiert. Sie sollte in Vauxhall Gardens tanzen, über die Rotten Row reiten und bei Almack's Aufsehen erregen.«

»Lady Isabel, ich verstehe langsam den Grund Ihres Kummers«, sagte Lady Theresa und zwinkerte nun ganz eindeutig mit den Augen. »Sie wollten Ihr eigenes Debüt noch einmal erleben.«

Lady Isabel besaß den Anstand zu erröten. Sie lächelte schüchtern. »In gewisser Weise haben Sie recht«, sagte sie. »Jedes Mädchen sollte eine Saison in London mitmachen.« Sie wandte sich an Morgana. »Das trifft auch auf Sie zu, meine Liebe.«

»Unsinn!« protestierte Morgana. »Sie kennen meine Ansichten über dieses Thema sehr gut.«

»Ich weiß, Sie haben niemanden, der Sie einführen könnte, aber Sie wissen auch, daß es mir eine Freude wäre, wenn ich es tun dürfte.«

»Ich werde Sie eines Tages in London besuchen«, sagte Morgana und überlegte, ob jetzt nicht der geeignete Augenblick gekommen war, um ihrer Nachbarin über die neueste Entwicklung in ihren Erbangelegenheiten zu berichten. Sie entschied sich sofort dafür. »Aber ich muß Ihnen gestehen, Lady Isabel, daß es vielleicht ein Jahr oder noch länger dauern wird, bis ich Wales verlassen kann. Bei der Auszahlung meiner Erbschaft hat es ein Mißverständnis gegeben. Es hat sich jetzt herausgestellt, daß ich das Geld, das mein Vater mir hinterließ, erst ausgezahlt bekomme, wenn ich volljährig bin, es sei denn, ich heirate vorher.«

»Mein armes, armes Kind!« rief Lady Isabel und legte einen Arm um Morganas Schultern. »Wie ist das möglich? Wenn ich daran denke, wieviel Geld Sie in der vergangenen Woche für Tredegar House ausgegeben haben! Ich werde Sir Walter bitten, sich sofort darum zu kümmern ... sich mit jemandem zu beraten ... und über Ihre finanziellen Probleme zu reden. Er wird sich sofort der Sache annehmen. Mein liebes, armes Kind, es tut mir so leid, daß ich Sie mit meinen Kümmernissen überschüttet haben, wenn Sie selbst so verzweifelt sind.«

Lady Theresa unterbrach sie. »Es gibt in dieser Angelegenheit keinen Grund zur Sorge, Lady Isabel. Niemand wird Morgana wegen der Bezahlung irgendwelcher Schulden bedrängen. Ich gebe Ihnen mein Wort darauf.«

Lady Isabel sah ihre Gastgeberin erschrocken an, als ihr klar wurde, welchen Fehler sie begangen hatte. »Du meine Güte, bitte entschuldigen Sie, daß ich etwas so Unpassendes gesagt habe. Ich vergaß, daß Ihr Gatte ...«

»Aber ich bitte Sie! Sie brauchen sich keineswegs zu entschuldigen. Ich kann mir vorstellen, wie Ihnen zumute ist. Wie ich Morgana schon sagte, gefällt mir in dieser Angelegenheit weder die Handlungsweise meines Gatten noch die meines Sohnes.«

»Sie müssen es mir sagen, wenn Sie durch Ihre jetzige

Notlage in Schwierigkeiten geraten, Morgana«, sagte Lady Isabel.

Morgana war zwar dankbar für die Sorge, die ihre Nachbarin an den Tag legte, aber sie fühlte sich genötigt zu leugnen, wie sehr sie durch die seltsame Wendung der Ereignisse bedrängt war. Es würde ihr nichts helfen, wenn sie Lady Isabel anvertraute, daß sie über ihre Zukunft sehr besorgt war. »Niemand wird mich verdammen, weil ich Geld ausgegeben habe, von dem ich glaubte, es stehe mir zu«, sagte Morgana schließlich. »Außerdem macht es mir nichts aus, was Fremde über mich reden.«

Lady Isabels besorgtes Stirnrunzeln glättete sich ein wenig. »Sagen Sie es mir, wenn Sie wünschen, daß Sir Walter eingreift. Nun zu praktischeren Dingen, meine Liebe. Ich nehme an, Morgana, daß Sie nun die Eröffnung Ihres Waisenhauses verschieben müssen.«

»Das ist richtig«, sagte Morgana. »Obwohl Lady Theresa mich eben überreden wollte, es mir noch einmal anders zu überlegen.«

»Finden Sie das klug?« fragte Lady Isabel und wandte sich an Lady Theresa. »Morgana hat genug Sorgen. Sie sollte sich nicht noch mehr Lasten aufbürden!«

Es war lange her, seit jemand so mit Lady Theresa gesprochen hatte. Sie war einen Augenblick sprachlos.

»Bitte, Lady Isabel, Sie müssen mich nicht verteidigen«, sagte Morgana rasch. »Niemand kann mich zwingen, etwas gegen meinen Willen zu tun.«

»Ich will Morgana helfen, die notwendigen Gelder aufzutreiben, wenn sie beschließen sollte, ihre Pläne weiter zu verfolgen«, sagte Lady Theresa ernster, als sie es vorgehabt hatte. »Morgana wird keine weiteren Schulden mehr machen.«

Morgana spürte die Spannung, die zwischen beiden Frauen entstanden war. »Ich bitte Sie beide, sich meinetwegen keine Gedanken zu machen. Ich versichere Ihnen, daß ich keine voreiligen Entscheidungen treffen werde. Nachdem nun die Reparaturen am Haus ausgeführt wurden, kann ich gut von dem monatlichen Mündelgeld leben, das mein Vater mir ausgesetzt hat. Ich muß lediglich ein wenig länger warten, bis ich das vollenden kann, was ich im Hinblick auf das Waisenhaus wollte.«

Sie lachte leise und verbarg ihre Ängste, was ihre eigentliche Zukunft betraf.

Die beiden Damen erkannten sofort, was Morganas Lachen bedeutete, und sie wußten auch, daß ihr eigenes Verhalten für Morganas Befürchtungen mitverantwortlich war.

»Natürlich, meine Liebe«, sagte Lady Theresa besänftigt. »Lady Isabel und ich werden Sie niemals bedrängen, etwas gegen Ihren Willen zu tun.«

Lady Isabel lachte. »Wenn Sie Morgana besser kennenlernen, Lady Theresa, werden Sie feststellen, daß dies völlig aussichtslos ist. Morgana ist das dickköpfigste Mädchen, das ich je kennengelernt habe. Wenn sie sich etwas in den Kopf gesetzt hat, bringt man sie kaum wieder davon ab.«

»Das habe ich auch schon bemerkt«, antwortete Lady Theresa. »Aber ich möchte Ihnen eines zu bedenken geben, Morgana, wenn Sie die Eröffnung des Waisenhauses verschieben, dürfen Sie nicht vergessen, wie viele Kinder weiterhin ein elendes Leben im Arbeitshaus führen müssen. Bitte erlauben Sie mir, mich an einige einflußreiche Bekannte in London um Spenden zu wenden. Wir würden damit Ihr Unternehmen finanzieren, und Sie könnten sofort mit der Arbeit beginnen.«

Lady Isabel nickte zustimmend, und die Blütenzweige auf ihrem muschelgrünen Hut tanzten. »Ganz recht, Lady Theresa, ganz recht. Und ich wäre die erste, an die Sie sich wenden könnten. Ich muß natürlich auch mit Sir Walter darüber sprechen. Aber eben ist mir eingefallen, daß das Geld, das wir nun nicht für Angeliques Debüt ausgeben, besseren Zwecken dienen könnte – Ihrem Waisenhaus, Morgana.« Lady Isabels Stimme klang dramatisch, als sie sich für ihren impulsiven Vorschlag erwärmte. »Ich sehe es schon vor mir. Das Spielzimmer könnte Casper-Raum genannt werden!«

»Mir persönlich gefällt Casper-Flügel besser«, antwortete Lady Theresa und stimmte in die Begeisterung ihres Gastes ein. »Ihr Angebot ist außerordentlich großzügig, Lady Isabel. Was meinen Sie, Morgana?«

Morgana war elend zumute, weil sie es nicht für richtig hielt, das Hilfsangebot von Lady Theresa anzunehmen. Sie stand auf und ging zum Fenster hinüber. Sie brauchte ein wenig Zeit, um die richtige Antwort zu finden.

Als sie in den Garten hinausblickte, sah sie Lord Dana auf das Haus zukommen. Sie trat instinktiv einen Schritt zurück. Er kam offensichtlich von den Stallungen, denn er trug seine Reitkleidung. Eine ungewohnte Wärme überflutete sie. Er stand nun direkt unter ihrem Fenster, zog seinen Hut und machte eine elegante Verbeugung. Als er sich wieder aufrichtete, blickte er ihr in die Augen. Sie war sicher, daß er ihr zublinzelte. Dann verschwand er aus ihrem Blickfeld.

Wie eindrucksvoll er doch ausgesehen hatte in seinem enganliegenden Reitrock und der Wildlederhose, dachte sie. Ihr Herz schlug wild. Kein Mann hatte sie jemals so fasziniert. Plötzlich wußte sie, weshalb sie so heftig reagierte, wenn sie ihn sah. Sie hatte sich in ihn verliebt!

Lady Theresa und Lady Isabel tauschten besorgte Blicke aus, als sie Morganas kummervolle Miene sahen.

»Ich glaube, wir haben von Morgana zuviel verlangt«, sagte Lady Isabel. »Sie braucht ein wenig Zeit, um über alles nachzudenken. Es ist am besten, wenn ich mich jetzt verabschiede und Morgana nach Hause bringe.«

Lady Theresa nickte. Sie verspürte den Wunsch, Morgana wie eine Mutter zu trösten, aber statt dessen sagte sie: »Das ist ein vernünftiger Vorschlag.« Mit erhobener Stimme fuhr sie fort: »Morgana, es tut mir leid, ich wollte Sie nicht bedrängen, Lady Isabel und ich werden Sie wegen des Waisenhauses nicht weiter plagen. Es wäre schön, wenn Sie unsere Hilfe annehmen würden, sobald es Ihnen recht ist.«

Morgana drehte sich um und sah die beiden Frauen an. »Sie sind sehr freundlich zu mir«, sagte sie mit kaum hörbarer Stimme. »Vielen Dank für Ihr Verständnis. Wenn Madame Tussauds Ausstellung vorbei ist, werde ich mehr Zeit haben und über meine Zukunft nachdenken. Bitte entschuldigen Sie mich. Ich würde jetzt gern nach Hause fahren.«

»Natürlich, meine Liebe«, sagte Lady Theresa und stand auf. »Lady Isabel nimmt Sie mit.« Sie ging zum Kamin und zog die Klingelschnur. Der Diener erschien sofort. »Bitte sorgen Sie dafür, daß Lady Isabels Kutsche vorfährt.«

Morgana warf einen ängstlichen Blick zur Tür. Sie fürchtete, Lord Dana könnte wieder auftauchen. Sie wollte ihm nicht begegnen, nicht, bis sie Zeit gehabt hatte, ihre schreckliche Erkenntnis zu durchdenken.

Lady Theresas sanfte Stimme unterbrach Morganas wirre Gedanken. »Leben Sie wohl, Morgana. Und wären Sie so freundlich, Madame Tussaud zu fragen, ob ich sie besuchen darf?«

»Ja, natürlich«, antwortete Morgana. »Es war ein Vergnügen, Sie kennenzulernen, Lady Theresa.«

Morgana machte einen Knicks. Sie schob ihre Hand unter Lady Isabels Arm, als sie das Zimmer verließen.

Lady Theresa blieb gedankenverloren an der Tür stehen. Sie war überzeugt, daß etwas anderes als ihr beharrlicher Vorschlag, Morgana bei der Einrichtung des Waisenhauses zu helfen, deren merkwürdiges Benehmen verursacht hatte. Etwas mußte geschehen sein, als Morgana am Fenster stand.

»Mama, hat dein Besuch dich schon verlassen?«

Lady Theresa erschrak, als sie die Stimme ihres Sohnes hörte, und sie drehte sich um. »Ja, Dana, sie sind eben gegangen.«

»Wer war noch hier?« fragte er neugierig. »Ich habe nur Miß Williams gesehen.«

»Lady Isabel wollte dich dringend sprechen. Als sie hörte, daß ich hier bin, bat sie darum, mich zu sehen. Sie wollte über Larry Auskunft erhalten. Offenbar will er sich mit ihrer Tochter Angelique verloben.«

Lord Dana nickte. »Ich dachte mir, daß es dazu kommen würde. Larry war von dem Mädchen vom ersten Augenblick an angetan. Ich glaube, sie paßt gut zu ihm.«

»Ich hoffe, Miß Williams und ich konnten Lady Isabel davon überzeugen.«

»Hast du mit Miß Williams über das Waisenhaus gesprochen? Ich hatte gehofft, rechtzeitig zum Tee hier zu sein.«

»Miß Williams hat versprochen, meinen Vorschlag zu durchdenken. Schade, daß du nicht früher hier warst. Du hast sie höchstens um ein paar Sekunden verpaßt.«

»Das glaube ich gern. Ich sah Miß Williams eben noch am Fenster stehen. Ich wollte mit euch reden, aber Mr. Llewellyn hat mich kurz aufgehalten.«

Lady Theresas Augen wurden schmäler, und sie schnippte mit den Fingern, als ihr die Bedeutung der Worte ihres Sohnes aufging. Offensichtlich hatte der Anblick Danas Morgana dazu gebracht, sich so merkwürdig zu verhalten. Morgana benahm sich wie eine verliebte junge Frau. Plötzlich empfand Lady Theresa Mitgefühl mit ihr.

»Dana, bitte höre mir zu. Ich glaube nicht, daß es richtig von dir ist, Miß Williams so den Hof zu machen. Sie ist verwirrt über die Wendung der Dinge, und sie braucht Zeit und Ruhe, um sich über ihre Zukunft klar zu werden.«

»Danke für deinen Rat, Mama. Ich werde mein Bestes tun«, antwortete er steif.

»Sei nicht beleidigt, Dana. Miß Williams ist in einer sehr heiklen Lage. Ich habe das Gefühl, daß sie die Pläne für das Waisenhaus erst dann wieder aufnehmen will, wenn sie das Erbe ausbezahlt bekommen hat.«

Lord Dana sah seine Mutter bestürzt an. »Aber das dauert noch über ein Jahr!«

»Nicht, wenn sie vorher heiratet«, erwiderte Lady Theresa.

»Das will sie nicht. Ich habe ihr diese Frage schon gestellt.«

»Das ist doch nicht dein Ernst!« Lady Theresa war schockiert.

»Ich habe sie gefragt, ob sie bereit ist, mit Edward eine Vernunftehe einzugehen, um das Erbe ausgezahlt zu bekommen.«

»Wenn ich Miß Williams gewesen wäre, hätte ich dich wegen einer solchen Taktlosigkeit geohrfeigt. Nein, wirklich, Dana, ich weiß nicht, wann ich jemals so ärgerlich auf dich war. So spricht man nicht mit einer feinfühligen jungen Dame.«

»Ich gebe dir vollkommen recht! Ich habe ein schreckliches Schlamassel angerichtet. Wenn du mich jetzt bitte entschuldigst. Ich gehe und ziehe mich um.«

Lady Theresa sah ihrem Sohn nach. Ein schwaches Lächeln lag auf ihren Lippen. Vielleicht standen die Dinge doch nicht so schlecht. Es war ganz offensichtlich, daß ihr Sohn ernstlich bekümmert über die Unannehmlichkeiten war, die er Miß Williams bereitet hatte. Vielleicht hatte auch er zu dem Mädchen Zuneigung gefaßt.

Geduld, sagte sie sich, übe dich in Geduld und mische dich nicht ein.

15. Kapitel

Nachdem Lady Isabel zu Hause angekommen war, suchte sie sofort Edward auf. Sie war entschlossen, alles Notwendige zu tun, um Morganas Zukunft sicherzustellen, selbst wenn dies bedeutete, daß Edward das Opferlamm sein mußte und eine Vernunftehe mit Morgana einging.

Das Gespräch mit ihrem Sohn war kurz. Sie war überrascht, wie wenig Widerstand er leistete.

Sie wußte allerdings nicht, daß der Brief von Lady Jane ihn zutiefst beunruhigte. Frauen wie Lady Jane waren gefährlich. Er war schon einmal von einer solchen Frau betört worden, und er hatte sich geschworen, daß es nie wieder vorkommen durfte. Aber auf jener staubigen Straße beim King's Head war es für einen kurzen Augenblick doch geschehen. Er war von der schwarzhaarigen Schönheit mit den hinreißend grünen Augen umgarnt worden. Sie hatte ihn bewußt ermutigt, obwohl sie offensichtlich unter dem Schutz von Lord Dana stand.

Er beschloß, sie am nächsten Tag in Caerleon zu besuchen, worum sie ihn in ihrem Brief gebeten hatte, aber nur um ihr zu sagen, daß er ahnte, was sie mit ihm vorhatte. Sie wollte ihn dazu benutzen, Lord Dana eifersüchtig zu machen.

Als seine Mutter die Geschichte von Morganas Erbangelegenheit beendet hatte, war er bereit, den Wunsch seiner Mutter zu erfüllen. Eine Vernunftehe mit der Frau, die er schätzte, wäre genau das richtige für ihn. Es gäbe keine Komplikationen, keine Tränen, keinen Kummer.

»Ich werde Morgana morgen aufsuchen«, sagte er. »Ich schätze sie, und ich bin sicher, daß wir gut miteinander auskommen werden.«

»Wenn sie deinen Heiratsantrag annimmt, wirst du deine Reise nach China verschieben müssen, bis ihre Angelegenheiten hier geregelt sind«, sagte Lady Isabel.

Edward nickte. »Das ist mir recht, Mama. Denn mir behagt der Gedanke nicht, mit Angelique und Larry, den zwei Verliebten, reisen zu müssen, die zweifellos jede Stunde damit verbringen werden, miteinander zu turteln. Ich werde glücklich sein, sie in sechs Monaten wiederzusehen, wenn sie gelassener sind.«

Bei der Erwähnung ihrer Tochter zuckte Lady Isabel zusammen. »Oh, mein armes Kind! Ich hoffe wirklich, wir machen keinen Fehler, wenn wir dieser Ehe zustimmen.«

»Angelique und Larry passen gut zusammen, glaube mir, Mama. Ich kann kaum fassen, was für ein Wandel in den wenigen Tagen in Larry vorgegangen ist. Er ist entschlossen, dir und Papa zu beweisen, daß er sich im Auswärtigen Dienst bewähren wird, und Angelique wird ihm eine wunderbare Stütze sein. Sie ist schön. Sie ist ausgeglichen, und sie ist eine gute Zuhörerin. Das sind die Eigenschaften, die notwendig sind, wenn ihr Gatte im Auswärtigen Dienst tätig ist.«

Lady Isabel nickte. »Das ist wahr«, stimmte sie stolz zu. »Sie ist ganz die Tochter ihrer Mutter.«

Als Morgana nach ihrem Gespräch mit Lady Theresa nach Hause kam, ging sie sofort in ihr Zimmer und zog ihr altes Reitkostüm an. Sie setzte einen kleinen roten Filzhut auf, nahm die Reitgerte und eilte die Hintertreppe hinab, hinaus zu den Stallungen.

Sie brauchte Raum und Freiheit, um ihre aufgewühlten Gefühle unter Kontrolle zu bringen.

»Pardon, Mademoiselle, soll ich Ihr Pferd für Sie satteln?«

Morgana blieb stehen. Sie hatte im Augenblick vergessen, daß Madame Tussauds Kutscher im Stall war. Sie schenkte ihm ein kleines Lächeln und nickte. »Vielen Dank, Gaston. Er braucht ein wenig Bewegung. Ich habe ihn eine ganze Weile nicht mehr geritten.«

Sie wartete, während Gaston den Wallach sattelte, und ließ sich dann beim Aufsteigen helfen.

Sie ritt auf die offenen Felder hinaus, und als sie die Wiesen überquert hatte, folgte sie einem Weg in den Wald. Hier war das Unterholz noch dichter, denn sie konnte es sich nicht leisten, die Arbeiter zu bezahlen, die zu Lebzeiten ihres Vaters den Wald gepflegt hatten. Normalerweise wäre sie den Weg entlanggeritten, bis sie Lord Danas Land erreichte, aber nicht heute. Sie wollte kein Wiedersehen mit ihm riskieren.

Statt dessen lenkte sie ihr Pferd nach rechts. Wenig später erreichte sie eine kleine Lichtung, auf der Wildblumen wuchsen. In dieser friedlichen Atmosphäre fühlte sie sich endlich in der Lage, zusammenhängend zu denken.

Gegen ihre Gefühle für Lord Dana konnte sie nichts tun. Aber sie konnte diesen Sturm der Gefühle bändigen, so gut es ihr möglich war. Sie stieg vom Pferd, setzte sich auf den Boden und umschlang ihre Knie.

Lord Danas Bild tanzte vor ihren Augen. Sie malte sich aus, wie das Leben mit ihm wäre. Als das Bild Lady Janes vor ihr aufstieg, versagte ihr Vorstellungsvermögen, und ihr wurde die Fruchtlosigkeit ihrer Tagträume bewußt.

Sie lachte über sich, und dieses Lachen brachte sie wieder in die Gegenwart zurück.

Sie beschloß, Lady Theresas Hilfsangebot anzunehmen. Sie würde ein so wichtiges Unternehmen nicht deshalb verschieben, weil sie sich davor fürchtete, Lord Dana wiederzusehen. Irgendwie würde sie ihre wahren Gefühle vor ihm verbergen, und wenn sie Glück hatte, würde er nicht mehr allzu lange in Wales bleiben.

Sie ging gerade auf ihr Pferd zu, als sie knackende Geräusche auf dem Weg hörte. Sie drehte sich um und sah zu ihrem Ärger Lord Dana auf sich zugeritten kommen.

»Gaston sagte mir, daß ich Sie hier vielleicht finde«, erklärte er mit jenem Lächeln, das Morgana so sehr an ihm liebte. »Ich hoffe, ich störe nicht. Ich möchte Ihnen einen Vorschlag machen und fand, daß ich damit nicht bis morgen warten sollte.«

Morgana nahm eine merkwürdige Reserviertheit an ihm war, und sie fragte sich, ob noch etwas vorgefallen sein könnte, das ihr Erbe betraf.

»Ist etwas geschehen?«

»Nein, Miß Williams, keineswegs. Ich möchte Ihnen nur einen etwas delikaten Vorschlag machen, und ich bitte Sie, keinen Anstoß daran zu nehmen.«

Morgana neigte den Kopf und deutete damit an, daß sie zuhörte. Er hatte ihre Neugier geweckt.

»Mir ist klar geworden, daß ich Sie in eine unhaltbare Lage gebracht habe. Ich bewundere Sie, wie gelassen Sie die schlechten Nachrichten aufgenommen haben. Jede andere Frau hätte mir eine Szene gemacht. Ihre Selbstbeherrschung hatte mich zu der Überzeugung gebracht, daß ich Sie nicht übermäßig erregt habe. Meine Mutter sieht das anders. Ich möchte gleich hinzufügen, daß das, was ich Ihnen vorschlagen möchte, nichts mit meiner Mutter zu tun hat. Meine Mutter lenkte lediglich meine Aufmerksamkeit auf die Tatsache, daß ich mit Ihnen alles andere als galant umgegangen bin. Jedenfalls habe ich mich heute gefragt, weshalb ich Ihnen meinen Vorschlag nicht schon früher unterbreitet habe. Sie können sofort über Ihr Erbe verfügen, Miß Williams, wenn Sie mich heiraten.«

»Lord Dana... bitte. Ich bin Ihnen sehr verpflichtet... ich fühle mich geehrt, aber ich kann Ihr schmeichelhaftes Angebot nicht annehmen.«

»Warum nicht?« fragte er ruhig.

»Ich... ich... ich möchte keine Vernunftehe eingehen.«

Er schwieg. Die Falte zwischen seinen Augenbrauen vertiefte sich.

Nach einer Weile sagte er: »Glauben Sie nicht, daß Sie es über sich bringen könnten, eine Ehe mit mir zu erwägen? Ich weiß, Sie sind eine stolze, selbständige Frau, Miß Williams. Ich würde keinerlei Forderungen an Sie stellen. Aber als meine Frau hätten Sie die Freiheit, alles für die Waisenkinder zu tun, was Sie wünschen. Und Sie hätten das Geld, das Haus zu unterhalten.«

Morgana errötete. Erregt wandte sie sich ab. Wie konnte sie ihm sagen, daß sie lieber sterben würde, als eine Vernunftehe mit dem Mann einzugehen, den sie liebte? Niemals könnte sie die Qual ertragen, wenn er mit anderen Frauen flirtete, besonders wenn sie wie Lady Jane aussahen. Und was würde aus ihr werden, wenn er sich wirklich in eine andere Frau verliebte? Und dann waren da noch seine Eltern. Sie würden es gewiß mißbiligen, wenn ihr einziger Sohn sie heiratete. Ärgerlich schüttelte sie den Kopf.

»Nein, Lord Dana, bitte. Ich will offen zu Ihnen sein. Selbst wenn ich heiraten wollte, was aber nicht der Fall ist, würde ich niemals eine Ehe mit einem Mann erwägen, dessen Lebensweise nicht die meine ist.«

»Bin ich ein so liederlicher Mensch?« fragte er mit einer Stimme, die halb amüsiert und halb beunruhigt klang. »Gerüchte über meine Heldentaten, die mich in London berühmt gemacht haben, können doch sicher nicht bis hierher vorgedrungen sein?«

»Ja... nein... das heißt... Lady Jane machte es vollkommen klar... Du meine Güte, Lord Dana, ... bitte sagen Sie nichts weiter. Jede weitere Diskussion kann nur schmerzlich sein.«

»Ich verstehe«, sagte er grimmig und fragte sich, was Lady Jane wohl über ihn erzählt hatte, daß Morgana so über sie sprach. »Dann bleibt mir nichts weiter zu sagen übrig, nicht wahr?«

Sie schüttelte nur den Kopf, denn sie traute ihrer Stimme zu wenig, um etwas darauf zu erwidern. Sie wünschte, daß er sie allein ließ, und als er dies tat, wünschte sie, er wäre geblieben.

Sie wartete in der Lichtung, bis sie ihn nicht mehr hörte. Dann kehrte sie nach Hause zurück.

Als sie am nächsten Morgen aufstand, fragte sie sich, wie viele schlaflose Nächte sie noch würde ertragen müssen, ehe sie Lord Dana vergessen konnte.

Sie versuchte, die trüben Gedanken abzuschütteln und ging entschlossen auf Tredegar House zu. Madame Tussaud brauchte gewiß Hilfe, denn die Ausstellung sollte am nächsten Tag eröffnet werden. Aber sie kam nur bis zur Kutscheneinfahrt, wo Edward sie erwartete.

»Guten Morgen, Morgana. Du hast den erstaunlichen

Trick heraus, genau im richtigen Augenblick zu erscheinen. Ich bin in einer äußerst ritterlichen Mission bei dir. Ich bin gekommen, um dich aus tiefster Verzweiflung zu erlösen und dir die Freuden der Ehe zu verschaffen.«

Er hatte sich diese Rede lange überlegt und war zufrieden damit, wie sie nun klang. Aber auf Morganas Reaktion war er nicht vorbereitet.

»Hast du den Verstand verloren, Edward? Worüber sprichst du?«

»Ich bin gekommen, um das Geziemende zu tun, Morgana«, erwiderte er schmollend. »Ich mache dir einen Heiratsantrag! Ich biete dir ein Leben in Sicherheit und so weiter! Ich kann nicht dabeistehen und dich wegen einem dummen Fehler, den Dana begangen hat, leiden lassen!«

Endlich begann Morgana zu begreifen. Ihr erster Impuls war es zu lachen. Sie konnte ihn jedoch bezähmen.

»Was für ein lieber Mensch bist du doch«, sagte sie schließlich. »Aber wie kommst du auf die Idee, daß wir zueinander passen könnten?«

»Nun, bei einer Vernunftehe müssen wir nicht genau zueinander passen. Ich glaube, wir würden einigermaßen miteinander zurechtkommen. Ich könnte mir denken, wir würden uns mit der Zeit sogar lieben.«

Morgana hatte das seltsame Gefühl, daß sie ein deja vu-Erlebnis hatte. Es waren noch nicht einmal zwölf Stunden vergangen, seitdem sie ihren ersten Heiratsantrag erhalten hatte. Dieses Mal empfand sie jedoch keinerlei Qual, und es fiel ihr nicht schwer, ihren zweiten Bewerber abzuweisen.

»Ich liebe dich bereits, Edward, aber so, wie ich einen Bruder lieben würde. Ich kann deinen Antrag unmöglich annehmen, obwohl ich dein Angebot zu schätzen weiß.«

»Aber was willst du tun, Morgana? Das ganze nächste Jahr auf dein Erbe warten? Du wärst besser daran, wenn du mich heiraten würdest, anstatt dich von der Welt abzuschließen.«

»Ich habe nicht vor, etwas so Törichtes zu tun, Edward. Ich nehme an, deine Mutter hat dir diesen ganzen Unsinn eingeredet. Tatsache ist, daß Lord Dana für alle Kosten aufkommt, die bisher angefallen sind. Er wird das Geld vorschießen, bis ich in der Lage bin, es ihm zurückzugeben. Soviel mir bekannt ist, wissen nur die Menschen, die mir am nächsten stehen, von dieser Vereinbarung, und ich bin sicher, sie werden Verständnis für meine Lage haben. Sollte ein Fremder die wahren Fakten herausfinden und irgendwelchen Klatsch verbreiten, dann sehe ich nicht, inwiefern es mich berühren sollte. Ich kümmere mich nicht darum, was Fremde über mich denken. Lord Dana wird in Kürze nach London zurückkehren, und ehe du es bemerkst, werde ich volljährig sein und ihm meine Schulden zurückzahlen.«

»Oh!« rief Edward. Er sah keineswegs niedergeschlagen aus. »Ich dachte, mein Heiratsantrag wäre dir recht. Ich habe mich schon langsam darauf gefreut, mit dir verheiratet zu sein!«

Morgana schob ihren Arm unter den seinen. »Ich bin sehr geschmeichelt, daß du an mich dachtest, Edward. Wirklich. Aber glaube mir, wenn ich sage, daß du diese Verbindung ebenso bedauern würdest wie ich, noch ehe das Jahr vorüber ist. Nein, laß mich zu Ende reden. Ich habe absolut kein Bedürfnis, nach China zu gehen. Ich möchte in Wales bleiben – nun, zumindest in Großbritannien –, und so vielen Waisen helfen, wie ich nur kann. Du hast einen abenteuerlichen Geist und mußt dir alle Freiheit lassen.«

»Das klingt so, als wäre ich ein selbstsüchtiger Bursche, Morgana.«

»So war es nicht gemeint, Edward. Aber überlege einmal. Möchtest du wirklich mit einer Frau beladen sein, die nicht im Ausland leben möchte?«

»Nun ...«, sagte er zögernd, »eigentlich nicht. Aber ich glaube, wenn du Wales einmal verlassen hast, wirst du erkennen, wie aufregend der Rest der Welt sein kann.«

»Vielleicht«, erwiderte Morgana und dachte dabei, wenn Lord Dana ihr seine Liebe erklären und sie darum bitten würde, mit ihm nach Timbuktu zu gehen, würde sie ohne Zögern zustimmen. »Aber ich möchte dich nicht heiraten, um meine Schwierigkeiten zu lösen. Edward, bitte beharre nicht darauf. Ich kann dein Angebot nicht annehmen.«

Sie entdeckte in seinen Augen eine schwache Andeutung von Erleichterung und lachte. »Ich glaube, du bist im Grunde über meine Ablehnung nicht unglücklich.«

Edward grinste. »Nun ... nein ... ja ... vielleicht bist du ein wenig zu dickköpfig für mich. Aber ich glaube nicht, daß ich es bereut hätte, wenn du meine Frau geworden wärst.«

Sie trennten sich freundschaftlich voneinander, und während Morgana zu Madame Tussaud ging, um ihr zu helfen, ritt Edward nach Caerleon zu Lady Jane.

Wegen seines ausführlichen Gesprächs mit Morgana traf er mit einer Stunde Verspätung bei ihr ein.

Lady Jane saß in einem Schaukelstuhl dicht hinter der untadelig geschnittenen Hecke des Hauses ihrer Tante und sah atemberaubend schön aus. Sie trug ein scheinbar einfaches Kleid, das in Wirklichkeit aus einer komplizierten Reihe von Falten und Krausen bestand. Ihr Hut aus hellgrünem Stroh hing an ihrem Rücken herab, gehalten von dunkelgrünen Bändern, die unter ihrem feingeschnittenen Kinn zusammengebunden waren. Als er näher kam, blickte sie zum Haus hinüber, und er hatte Zeit, ihr makelloses Profil zu bewundern, ehe sie sich umdrehte und ihn begrüßte.

»Edward! Es macht Ihnen doch nichts aus, wenn ich Sie Edward nenne, nicht wahr? Und Sie müssen mich Jane nennen. Ich freue mich, daß Sie gekommen sind. Ich kann Ihnen gar nicht sagen, wie einsam es hier ist. Sie erwähnten, Chepstow Castle sei eine Sehenswürdigkeit und einen Besuch wert. Ich hoffe, Sie haben heute Zeit, es mir zu zeigen.«

Edward sah sie immer noch auf eine Art und Weise an, die sie offensichtlich genoß, denn sie hob geziert eine Hand und schob ihr lockiges Haar zurecht.

»Sagen Sie ja, Edward! Oder hat meine Kühnheit Sie verletzt?« Sie tat ihr möglichstes, um ihren Ärger zu unterdrücken, denn wenn sie nicht bald aufbrachen, würde Lord Dana eintreffen und ihr Plan, ihn eifersüchtig zu machen, wäre verdorben. Was um alles in der Welt war mit diesem Jungen los?

Edward schüttelte den Kopf. »Nein... nein... Lady Jane, ich hatte keine Ahnung, daß Sie einen Ausflug mit mir machen wollen. Ich habe meine Kutsche nicht mitgebracht. Ich kam herübergeritten.«

»Ich dachte, ich hätte es ganz klargemacht, daß wir ausfahren wollen«, fauchte sie ihn an, unfähig, ihren Zorn zu zügeln. »Oh, entschuldigen Sie meine Manieren«, fügte sie rasch hinzu, als ihr in den Sinn kam, daß es eigentlich recht passend wäre, wenn Lord Dana sie mit einem anderen Mann zu Hause antraf.

Sie klopfte lässig auf den Platz neben dem ihren. »Ich fürchte, meine Enttäuschung hat mich so unfreundlich sprechen lassen. Bitte setzen Sie sich doch.«

»Macht nichts, Jane. Es tut mir wirklich sehr leid, daß ich Sie enttäuscht habe.«

Er lehnte das Angebot, neben ihr Platz zu nehmen, mit einem Kopfschütteln ab.

Sie lächelte anmutig über seine Entschuldigung, und Edward wurde plötzlich klar, daß sie eine eitle, oberflächliche Person war. Morgana besaß trotz ihrer rauhen Manieren und ihrer abgetragenen Kleider mehr Reiz als diese Frau.

»Vielleicht sollten Sie Dana bitten, mit Ihnen einen Ausflug zu machen, wenn er Sie das nächste Mal besucht.«

»Dana? Glauben Sie, er würde mich gern in der Gegend spazierenfahren? Offen gestanden, es wäre mir nie in den Sinn gekommen, ihn darum zu bitten. Wir haben immer über so viele andere Dinge zu reden.«

Ihr herablassendes Lächeln verstimmte Edward, aber er ließ sich seinen Ärger nicht anmerken. Statt dessen erwiderte er ihr Lächeln und sagte leise: »Natürlich, wie töricht von mir, so etwas vorzuschlagen.«

»Sagen Sie, Edward, wie geht es Ihrer kleinen Schwester? Wie war doch gleich ihr Name? Ich habe ihn vergessen.«

»Angelique.«

»Ja, Angelique. Ein hübscher Name für ein kleines Mädchen. Wie geht es ihr? Hat sie Dana immer noch an den Fersen?«

»Dana? An Angeliques Fersen?« Edward lachte. »Meines Wissens gilt Danas Interesse nur Ihnen.«

»Angelique sagte, Dana will ihr helfen, ein erfolgreiches

Debüt zu machen. Männer wie Dana setzen sich nicht für jeden ein, sondern nur für Frauen, zu denen sie Zuneigung gefaßt haben. Verstehen Sie nun, weshalb ich glaube, daß Dana sich für Ihre Schwester interessiert?«

Plötzlich begann Edward das Gespräch zu genießen. Es verschaffte ihm eine gewisse Befriedigung zu beobachten, wie diese raffinierte Frau auf unsicherem Boden stand.

»Nun, Dana hat Angelique tatsächlich vorgeschlagen, sie zu Almack's zu begleiten. Aber das ist jetzt nicht mehr notwendig, denn Angelique wird kein Debüt mehr machen.«

Lady Jane runzelte die Stirn. Sie fragte sich besorgt, ob diese Entwicklung etwas mit Lord Dana zu tun hatte. »Ist Angelique krank?«

»Nein, sie schwebt im siebenten Himmel, würden manche Leute sagen. Angelique und Larry haben meine Eltern schon fast dazu gebracht, ihnen die Heiratserlaubnis zu geben.«

Plötzlich empfand Lady Jane eine so überwältigende Erleichterung, daß sie zu zittern begann. Ihre Sorgen waren grundlos gewesen und nur ihrer überschäumenden Fantasie zuzuschreiben. Lord Dana war ihr nach wie vor zugetan! Sie brauchte ihn nicht mehr eifersüchtig zu machen. Nun mußte sie so rasch wie möglich Edward loswerden, ehe Dana eintraf.

»Ich glaube, sie haben keine fünf Minuten gebraucht, um zu erkennen, daß sie einander lieben«, erklärte Edward. »Es geschah im Garten von King's Head.«

»Wirklich? Wie interessant! Ich hoffe, sie werden glücklich miteinander. Verliebt zu sein ist etwas so Wunderbares.«

Plötzlich preßte sie eine Hand an ihre Stirn und beugte sich vor.

»Ist etwas nicht in Ordnung, Jane?« fragte Edward besorgt.

Lady Jane stöhnte leise. »Gleich ist es vorbei. Machen Sie sich um mich keine Sorgen. Ich leide manchmal unter diesen entsetzlichen Kopfschmerzen!«

»Kann ich Ihnen irgendwie helfen? Soll ich Ihr Riechsalz holen?«

»Nein... nein... bitte gehen Sie rasch... Sobald ich mich in einem abgedunkelten Raum hinlege, geht es vorbei. Das ist das einzige, was hilft.«

»Dann lassen sie mich Ihnen ins Haus helfen.«

»Nein... nein... bitte gehen Sie! Meine Tante wird mir behilflich sein. Es tut mir leid, daß ich unser Zusammensein so abrupt beenden muß. Vielleicht besuchen Sie mich nächste Woche wieder?«

»Vielleicht«, erwiderte Edward, wußte aber genau, daß er das nicht tun würde. »Ich hoffe, es geht Ihnen bald besser. Guten Tag.«

Er ging zu seinem Pferd und wunderte sich über Lady Janes merkwürdiges Verhalten. Er glaubte ihr nicht, daß sie Kopfschmerzen hatte. Er war fest davon überzeugt, daß sie ihn aus irgendeinem Grund so rasch wie möglich loswerden wollte. Dann zuckte er mit den Achseln. Es spielte keine Rolle.

Er schwang sich auf sein Pferd und ritt in Richtung Newport. Die Mittagszeit war fast vorüber, und er war natürlich hungrig. Er zügelte sein Pferd und überlegte, in welcher Taverne er einkehren sollte. Schließlich entschied er sich für einen Gasthof in Usk, der in der entgegengesetzten Richtung lag, und er ritt zurück.

»Schon gut, alter Junge«, sagte er und tätschelte den Hals seines Pferdes. »Wir sind bald im Hanged Man, und ich werde dafür sorgen, daß du einen Extrasack Hafer bekommst.«

Als er an Mrs. Perkins' Haus vorbeiritt, sah er, daß Lady Jane immer noch im Garten saß und vermutlich auf einen anderen Besucher wartete.

Keine fünf Minuten später traf Lord Dana in Caerleon ein und fand Lady Jane in der gleichen Position vor wie Edward eine Stunde zuvor. Der einzige Unterschied war der, daß er ihre Schönheit überhaupt nicht bemerkte, denn er dachte nur an das, was er ihr zu sagen hatte.

Als Lady Jane ihn sah, sprang sie auf und lief mit ausgestreckten Armen auf ihn zu.

»Dana, Liebling! Wie wunderbar, daß du da bist. Du kannst dir nicht vorstellen, wie sehr ich dich vermißt habe!« Sie schlang ihm die Arme um den Hals, schloß die Augen und wartete auf seinen Kuß. Als dieser ausblieb, öffnete sie die Augen wieder. »Dana, Liebling, was ist geschehen?«

Lord Dana löste ihre Arme von seinem Hals und trat einen Schritt zurück. »Nichts ist geschehen, Jane, abgesehen von der Neuigkeit, daß du aus London geflohen bist, um deinen Gläubigern zu entkommen.«

Sie preßte eine Hand vor ihren Mund und riß entsetzt die Augen auf. Heftig schüttelte sie den Kopf.

»Nein, Jane, bitte versuche nicht, es abzustreiten. Ich habe meinen Bankier angewiesen, für dich einen gewissen Fonds bereitzustellen, damit du deine Schulden bezahlen kannst. Dazu werden dir zusätzliche Gelder zur Verfügung gestellt, von denen du mindestens sechs Monate gut leben kannst, wenn du über uns keine Gerüchte verbreitest.«

Angst verdrängte ihren Zorn, der in ihr aufgestiegen war. Was war mit ihrem leidenschaftlichen Liebhaber geschehen, der sie erst vor wenigen Wochen in London verlassen hatte? Was um alles in der Welt sollte sie tun? In ihrer Panik fiel ihr das Denken schwer.

»Ich nehme an, dein Schweigen bedeutet, daß du mein Angebot akzeptierst, Jane?«

Die Art, wie er die Frage stellte, schürte wieder ihren Zorn, und sie griff ihn an. »Wie kannst du mich so behandeln! Du bist ein Scheusal! Du machst dir kein Gewissen daraus, eine Frau zu benutzen und sie sang- und klanglos zu verlassen, wenn du genug von ihr hast! Du behandelst mich wie eine Dirne! Ich habe dich geliebt, Dana! Ich habe dir alles gegeben, was du wolltest! Und ich dachte, du liebst mich ebenso. Hast du dein Herz einer anderen geschenkt? Vielleicht zufällig Angelique? Ich weiß, ihr Bruder sagt, ich hätte eine blühende Fantasie und Angelique sei in Larry verliebt. Aber das könnte eine Geschichte sein, die ihr beide euch ausgedacht habt!«

In diesem Augenblick war Lord Dana nahe daran, sie zu schlagen. Wenn Lady Jane ein Mann gewesen wäre, hätte er sie herausgefordert.

»Höre sofort auf!« befahl er in einem Tonfall, der keinen Widerspruch duldete. »Du sprichst, als hättest du den Verstand verloren! Dieses ganze Gerede über Angelique ist mir ein Rätsel! Und was Edward darüber zu sagen hat, ist ein noch größeres Mysterium. Hier ist die Anweisung an meine Bankiers. Ich rate dir, sie in dem Moment aufzusuchen, in dem du wieder in London bist, ehe ich es mir anders überlege und die Wechsel annulliere.«

Er drückte ihr ein Papier in die Hand und stürmte aus dem Garten. Geschmeidig bestieg er sein Pferd und ritt in

Richtung Newport. Er konnte beim besten Willen nicht verstehen, wie er sich von einer derartig gewöhnlichen Frau hatte verzaubern lassen. Er dachte an die Tiefgründigkeit und das Mitleid von Morgana und erkannte, daß er ein Narr gewesen war. Er hatte die Frau seiner Träume kennengelernt und es bis jetzt nicht bemerkt. Nun war es wahrscheinlich zu spät. Er war von der Leidenschaft für Lady Jane geblendet gewesen. Was für ein Tor war er doch gewesen.

Wie konnte er nach dem letzten Abend mit einem neuerlichen Heiratsantrag vor Morgana treten? Sie hatte es ganz deutlich gemacht, daß sie mit ihm nichts zu tun haben wollte. Er stöhnte und wünschte zum hundertsten Mal, er wäre weniger impulsiv.

Lady Jane hörte schließlich auf zu zittern und betrachtete das Papier, das Lord Dana ihr in die Hand gedrückt hatte. Sie keuchte. »Fünftausend Guineen!« rief sie überrascht. »Das ist außerordentlich großzügig von ihm.«

Erleichtert ging sie ins Haus. Sie besaß jetzt genügend Geld, um ihre Schulden zu bezahlen, und es blieb ihr noch reichlich übrig, um ein sehr angenehmes Leben zu führen.

»Aber Lady Jane«, sagte sie sich ernst, »der nächste Mann, der sich um dich kümmern will, wird dich zuerst heiraten!«

16. Kapitel

Das Wetter war so, wie man es sich für den Tag der Eröffnung von Madame Tussauds Ausstellung nur wünschen konnte.

Morgana kam gerade aus dem Gartenhaus. Sie hatte wesentlich mehr Zeit als beabsichtigt damit verbracht, ihre Tante davon zu überzeugen, daß es vernünftiger wäre, sich die Ausstellung erst später am Tag anzusehen, wenn es nicht mehr so warm war. Das Gespräch war ziemlich schwierig gewesen, und Morgana sah allmählich ein, daß sie ihre Tante nicht mehr allein versorgen konnte. Sie würde jemanden finden müssen, der sie während des Tages betreute. Sie seufzte. Würde sie ihre Probleme niemals loswerden?

Eine Menschenschlange wartete bereits darauf, in die Ausstellung eingelassen zu werden. Morgana hatte sich in ihren kühnsten Träumen nicht vorgestellt, daß so viele Leute am Eröffnungstag zum Tredegar House kommen würden. Madame Tussaud hatte gesagt, daß ihrer Erfahrung nach der erste Tag jeder Ausstellung häufig eher schleppend verlief.

Morgana begrüßte ein paar Bekannte und war nun überzeugt davon, daß die Ausstellung ein großer Erfolg werden würde. Sie machte einen kleinen Freudensprung. Nach alledem, was sie während der letzten Wochen erlebt hatte, empfand sie nun Genugtuung darüber, daß die Wachsfiguren-Schau von vielen Menschen gewürdigt werden würde. Madame Tussaud verdiente es.

Morgana ging über den Rasen hinter dem Spalier und war bald außer Sichtweite der Menge. Sie schlug noch einmal das Programmheft auf, das Madame Tussaud ihr gegeben hatte, und las:

»Eine Ausstellung, die aufsehenerregend, erzieherisch und aktuell ist. Die Geschichte wird in der Gestalt von Königen und Königinnen dargestellt; aktuelle Ereignisse sind durch ständiges Hinzufügen berühmter Persönlichkeiten oder berüchtigter Verbrecher repräsentiert. Das Herz der Ausstellung ist jedoch die Französische Revolution, wie sie Madame Tussaud miterlebt hat.«

Dann folgte eine ganze Seite biographischer Skizzen über jede der in der Ausstellung gezeigten Person, bei deren Abfassung Morgana mitgeholfen hatte. Auf der letzten Seite des Programmheftes war eine Zeichnung der Originalguillotine, durch die viele bekannte Persönlichkeiten auf der Place de Grève in Paris getötet worden waren.

Madame Tussauds Kenntnisse über das persönliche Leben der dargestellten Charaktere waren sehr aufschlußreich. Ihr Kommentar über Josephine brachte Morgana zum Lachen. Sie nannte sie eine Frau mit großen Fähigkeiten des Geistes und des Körpers. Carrier hatte die längste Biographie. Marat wurde als Feind der ganzen Menschheit bezeichnet. Robespierre war nach Madame Tussauds Meinung nicht besser, und sie sagte von ihm, er biete ein denkwürdiges Beispiel dafür, wie plötzlicher Aufstieg den menschlichen Geist durch Grausamkeit entwürdigen könne. Er hätte es fertiggebracht, Sans-Culotte genannt zu werden, aber er habe seine Kleidung immer mit Geschmack gewählt und sein Haar mit einer Sorgfalt gepflegt und gepudert, daß es an Affektiertheit grenzte. Als Fußnote fügte sie hinzu, daß er sich auf dem Höhepunkt seines Ruhms in Madame de St. Amaranthe verliebt habe und sie bemüht hatte, sie zu seiner Mätresse zu machen. Als sie sich weigerte, befahl er, daß sie guillotiniert wurde.

Es war ein faszinierendes, bildendes Programm, und Morgana war stolz darauf, daran mitgewirkt zu haben.

Sie steckte das Programmheft in ihre Handtasche und ging auf den Hintereingang von Tredegar House zu.

Als sie die Gestalt eines Mannes auf dem Rasen sah, der zu Lord Danas Besitztum hinüberblickte, blieb sie stehen. Es war so typisch für Madame Tussauds Humor, daß sie den Park mit ihren Figuren belebte. Diese trug einen blauen Anzug aus schwerem Stoff und eine Überfülle von Spitzen am Hals. Der Zopf war gepudert. In der Hand hatte der Mann einen Ebenholzstock.

Morgana ging auf die Figur zu und musterte neugierig ihr Gesicht. Es war die realistischste Studie, die sie je gesehen hatte, dachte sie. Der Mann war mittleren Alters und kam ihr vertraut vor. Sie trat näher an ihn heran und wollte gerade die ernsten Gesichtszüge berühren, als sich die Gestalt bewegte.

Morgana schrie auf und sprang erschrocken mehrere Schritte zurück.

»Was ist los, Ma'am?« fragte der Mann ruhig.

»Sie ... Sie haben mich furchtbar erschreckt, Sir«, stammelte Morgana. »Ich dachte, Sie seien eine von Madame Tussauds Wachsfiguren.«

Der Mann lachte freundlich. »Wollten Sie deshalb mein Gesicht berühren?«

Morgana nickte. »Sie sahen so vertraut aus – und doch

konnte ich Sie nirgends unterbringen. Ich dachte, Madame Tussaud habe mir einen Streich gespielt.«

Der Mann schüttelte den Kopf. »Nein, Ma'am, ich bin lebendig. Aber ich bin überrascht, daß ich Ihnen bekannt vorkomme. Ich glaube nicht, daß wir uns schon einmal begegnet sind.«

»Mein Name ist Williams«, sagte Morgana. »Morgana Williams.«

Der Herr machte eine tiefe Verbeugung. »Das macht die Situation ein wenig peinlich, Miß Williams. Ich bin Badenfield.« Er lächelte.

Morgana trat noch einen Schritt zurück. Sie kam sich ziemlich töricht vor, und die Abneigung, die sie diesem Herrn gegenüber empfunden hatte, schien plötzlich fehl am Platz zu sein. Alles, was sie ihm hatte sagen wollen, war mit einem Mal unangemessen.

»Ich verstehe sehr gut, wie Ihnen zumute ist, Miß Williams. Sowohl meine Frau als auch mein Sohn haben ihren Unmut über die Art ausgedrückt, wie ich in Ihrer Erbangelegenheit gehandelt habe. Das ist der Grund meines Besuches in Wales. Ich hielt es für dringend angebracht, mich persönlich davon zu überzeugen, wo ihre Schwierigkeiten liegen.«

Morgana empfand bei seinen Worten keinerlei Unbehagen, obwohl sie es niemals für möglich gehalten hätte, daß sie zu diesem Mann sofort Zuneigung fassen würde.

»Ich danke Ihnen für Ihr Verständnis, Mylord«, sagte sie schließlich. »Aber ich muß gestehen, daß ich es nicht schätze, wenn Ihre Familie sich bei Ihnen für mich einsetzt. Das war nicht notwendig.«

»Vielleicht taten sie es deshalb, weil sie annahmen,

Sie selbst würden sich nicht mehr an mich wenden, Miß Williams.« Er zwinkerte ihr zu.

Sie beantwortete diese Bemerkung mit einem Kopfnikken.

»Meine Familie hat den Vorteil, mich seit vielen Jahren zu kennen, Miß Williams«, fuhr er fort. »Aber ich weiß, manche Leute finden mich furchteinflößend.«

»Wirklich, Mylord? Ich kann mir nicht denken warum. Ihr Sohn ähnelt Ihnen sehr, und er ist ganz und gar nicht furchterregend. Vielleicht ein wenig arrogant. Aber vom ersten Augenblick an, als ich ihn kennenlernte, hatte ich keine Skrupel, ihm meine Meinung zu sagen.«

»Es freut mich, daß ich Ihnen keine Angst einjage, Miß Williams. Allerdings würde ich gern wissen, warum Sie mir nun nicht mehr die Meinung sagen wollen.«

»Das kann ich offen gestanden nicht beantworten. Ich weiß es nicht. Es ist mir plötzlich nicht mehr wichtig. Infolge einer Reihe von Ereignissen, auf die ich keinen Einfluß hatte, stehe ich nun in der Schuld Ihres Sohnes, bis ich heirate oder volljährig bin. Daran läßt sich nichts ändern.«

Lord Badenfield betrachtete sie einen Augenblick. »Und Sie sorgen sich nicht um Ihren Ruf?«

Morgana zuckte mit den Achseln. »Die Menschen, die ich kenne und schätze, werden mich deswegen nicht verdammen. Und sollte ein Fremder sich über die Unschicklichkeit der Lage auslassen, werde ich wahrscheinlich nicht einmal etwas davon erfahren.«

»Ihre Einstellung ist äußerst erheiternd, Miß Williams. Es tut mir nun um so mehr leid, daß Dana und ich Sie in eine so unangenehme Situation gebracht haben. Aber ich glaube, ich muß Ihnen in einem Punkt widersprechen.

Wenn Sie sich nicht um Ihren Ruf sorgen, müssen andere es tun.«

»Bitte machen Sie sich meinetwegen keine Umstände. Ich habe mich schon an die Vorstellung gewöhnt, und ich möchte nicht, daß Sie sich Gedanken über mich machen.«

»Wie man mir erzählte, hat Dana Ihnen gestern einen Heiratsantrag gemacht.«

Morgana sah ihn entsetzt an. »O nein, bitte«, stammelte sie.

»Obwohl ich Ihr Zögern verstehe, einen so leichtfertigen Burschen wie meinen Sohn Dana zu heiraten, begreife ich nicht, weshalb Sie seinen Antrag abgelehnt haben.«

»Ich möchte eigentlich nicht darüber sprechen, aber Lord Dana macht sich nichts aus mir, und er würde einen schrecklichen Fehler begehen, wenn er mich heiratet. Dieses Bewußtsein allein reicht aus, um seinen Antrag abzulehnen.«

»Sagen Sie, Miß Williams, gehe ich recht in der Annahme, daß Sie meinen Sohn lieben?«

Morgana preßte ihre Hände an die Brust. Wie konnte sie Lord Badenfield sagen, daß sie seinen Sohn liebte? »Das spielt keine Rolle, Mylord«, sagte sie schließlich. »In einem Jahr bin ich volljährig und werde Lord Dana meine Schulden bezahlen.«

»Sie sind eine bemerkenswerte Frau, Miß Williams. Ich bedauere sehr, daß Sie mir die große Freude verweigern, Sie in meiner Familie willkommen zu heißen. Ich werde Sie nicht weiter bedrängen.«

Morgana sah ihn dankbar an. Sie wollte gerade ihre Dankbarkeit für sein Verständnis ausdrücken, als ihr

Seelenfrieden durch die Ankunft Lord Danas erneut erschüttert wurde.

»Papa, ich hatte keine Ahnung, daß du schon hier bist!« rief er. »Mama sagte mir eben, ich solle dich abholen. Sie unterhält sich gerade mit Madame Tussaud.«

»Wären deine Manieren besser gewesen, wenn du gewußt hättest, daß ich schon hier bin? Du hast Miß Williams noch nicht begrüßt!«

»Miß Williams, Ihr Diener«, sagte Lord Dana. Er verbeugte sich steif, ohne seinen üblichen Charme. Er hatte nicht vorgehabt, sie in Anwesenheit seines Vaters nach jener unglücklichen Begegnung wiederzusehen. Er hatte sich einen sehr viel intimeren Rahmen gewünscht, einen, in dem er sie davon überzeugen konnte, daß er nicht der leichtlebige Mann war, für den sie ihn hielt.

Morgana neigte den Kopf mit soviel Grazie, wie sie aufbringen konnte, aber ihre Knie zitterten.

Lord Badenfield betrachtete die beiden und lächelte. Er konnte nicht verstehen, weshalb es seinem Sohn nicht gelang, Morgana davon zu überzeugen, daß er sie heiraten sollte. Er sah Morganas unglückliches Gesicht und schob rasch seinen Arm unter den ihren. »Bitte laß dich nicht länger von uns aufhalten, Dana«, sagte er. »Sage deiner Mutter, daß ich hier bin und in wenigen Augenblicken zu ihr komme.«

Lord Dana sah Morgana und war angerührt von ihrer eigentümlichen Schönheit. Weshalb hatte er ihr um Himmels willen so voreilig einen Heiratsantrag gemacht? Weshalb hatte er nicht früher erkannt, daß er sie liebte? Was für ein Narr war er doch gewesen!

Morgana löste sanft ihren Arm von dem Lord Badenfields. »Ich muß jetzt gehen«, sagte sie leise. »Ich habe Madame Tussaud versprochen, ihr zu helfen.« Morgana deutete hilflos auf das Tredegar House.

Lord Dana trat rasch neben sie und ergriff ihre Hände. »Bitte hören Sie mir einen Augenblick zu«, sagte er. »Verabscheuen Sie mich so sehr, daß Sie keine fünf Minuten mit mir zusammen sein können? Morgana, bitte heiraten Sie mich! Es gibt keine andere Möglichkeit zu verhindern, daß Ihr Name in den Schmutz gezogen wird.«

Morganas Herz setzte mehrere Schläge aus. Das erste Mal hatte er sie beim Vornamen genannt, und es klang so wunderbar aus seinem Mund. »Bitte lassen Sie mich gehen«, sagte sie leise. »Ich habe Ihnen meine Antwort schon gegeben.«

»Papa, erkläre ihr, daß sie meinen Heiratsantrag annehmen muß. Du bist doch sicher auch meiner Meinung.«

Lord Badenfield schüttelte den Kopf. »Ich kann dir leider nicht helfen, Dana. Ich habe schon mein Bedauern darüber ausgedrückt, daß Morgana sich unserer Familie nicht anschließen möchte. Ist es nicht so, Miß Williams?«

Lord Dana sah, wie Morgana zitterte, und er legte rasch einen Arm um ihre Taille. Sie lehnte sich an ihn, und in diesem Augenblick wußte sie, daß sie nicht die Kraft besaß, ihn weiterhin abzuweisen. Sie liebte ihn zu sehr, um ohne ihn leben zu wollen.

»Ich... ich weiß nicht, was ich sagen soll«, stammelte sie. »Lady Theresa, Lady Jane...«

Lord Badenfield schüttelte den Kopf. »Lady Theresa hat bereits mit den Vorbereitungen für die Hochzeit begonnen«, sagte er lachend. »Über Lady Jane wird Ihnen

Dana berichten, denn ich kenne sie nicht.« Er zog sich ruhig zurück.

Morgana sah zu Boden, unfähig, Lord Danas Blick zu erwidern.

»Morgana, mein Liebling, willst du mich nicht ansehen? Ich möchte dir so vieles sagen, aber mir fehlen die Worte. Ich habe bis gestern nicht gewußt, wie sehr ich dich liebe. Ich will dich nicht verlieren, dich nicht gehen lassen, und wenn ich den Rest meines Lebens damit verbringen muß, dich von dieser Tatsache zu überzeugen, dann werde ich es tun.«

»Ich dachte, du liebst sie und siehst in mir nichts anderes als eine lästige Bürde.«

»Als ich Jane mit dir verglich, wurde mir klar, was für ein Fehler es gewesen war, sie hierher kommen zu lassen. Sie war nur an meinem Geld interessiert und ich an ihrem Körper. Du bist es, die ich liebe, Morgana. Du bist die einzige Frau, der ich jemals einen Heiratsantrag gemacht habe. Bitte sage mir, daß du mich heiraten willst.«

Morgana nickte. Sie war zu überwältigt, um sprechen zu können. Nichts spielte jetzt mehr eine Rolle außer der Tatsache, daß Dana ihr seine Liebe erklärt hatte.

Er zog sie an sich, und sie vergrub ihr Gesicht an seiner Brust und versuchte, die Tränen zu unterdrücken. Er küßte ihr Haar. Langsam hob er ihr Kinn an und küßte sie leidenschaftlich.

Morgana befreite sich mühsam von ihm. »Ich liebe dich, Dana«, murmelte sie.

»Und ich liebe dich, Morgana«, erwiderte er und küßte sie wieder.

Etwas später gingen sie zum Tredegar House hinüber. Als sie um die Ecke kamen, blieben sie überrascht stehen.

Auf dem Rasen standen mehrere Wachsfiguren in Gruppen zusammen. Das erste Paar stellte Morgana und Lord Dana dar, die einander umarmten. Morgana trug ein weißes Gewand, das verdächtig wie ein Brautkleid aussah. Hinter ihnen standen Lady Theresa und Lord Badenfield, Lady Isabel mit Sir Walter, und den Schluß bildeten Angelique, Sir Larry und Edward.

Die Szene wirkte so lebensecht, daß Morgana und Lord Dana wie gebannt stehenblieben.

»Ich kann es gar nicht fassen, daß Madame Tussaud dies alles ohne mein Wissen vorbereiten konnte«, sagte Morgana schließlich.

»Und woher wußte sie, daß ich dir einen Heiratsantrag machen werde?« fragte Lord Dana verwirrt. »War unsere Liebe für jedermann außer uns selbst so offenkundig?«

»Ich habe keine Ahnung, mein Liebling. Komm, küß mich noch einmal, ehe wir zu Madame Tussaud gehen und ihr danken.«